À MÉLIE, SANS MÉLO

Scripte, céramiste et romancière, Barbara Constantine partage son temps entre la région parisienne et le Berry.

BARBARA CONSTANTINE

À Mélie, sans mélo

ROMAN

CALMANN-LÉVY

Roman publié avec le concours
de Christian Sauvage

Calmann-Lévy, 2008.
ISBN : 978-2-253-12905-9 – 1re publication LGF

À Mahault,
Qui ne lira certainement pas ce livre
avant d'avoir dix, onze ans. Donc vers 2016.
À la vitesse où vont les choses,
j'espère qu'elle n'aura pas l'impression de lire
une prose d'un autre siècle, style :
« Dame Mélie s'esbaudie
maintes foys en mirant le manant. »
Ce serait un peu relou, quand même.

Et à Camille, Fergus, Jessica et sa bande,
Marie et la sienne.

Juste un petit mot à mes invisibles,
mes impalpables. Au cas où ils lisent, là où ils sont.
(Ben quoi ? On sait pas…)
Miss you guys.
Voilà. C'est tout.

Le soleil brille, les mésanges picorent des graines
Mon beau-père qui pète trop fort fait envoler les mésanges.
C'est dommage, c'était une belle journée.

Fergus, mon fils, a écrit ce poème quand
il avait sept ans.
Il a vraiment mis la barre très haut.

B. C.

1

Allô, Mélie

– Allô, Mélie ? C'est Gérard. Écoutez, je viens de recevoir vos…

– Ah ! Alors ?…

– Ça n'est pas très très bon…

– Ah.

– Je pense que… comment dire, euh… je pense, en fait, qu'il faudrait refaire des…

– D'accord, Gérard. Le problème, c'est que je ne vais pas avoir le temps. Je ne sais pas si je vous l'ai dit, mais Clara arrive demain. Elle passe toutes les vacances d'été ici, avec moi.

– Ah, très bien…

– Alors, nous verrons ça plus tard. En septembre.

– Mais Mélie ! Ce n'est pas…

– Ça ira, ne vous inquiétez pas… Dites, pendant que j'y pense… j'ai croisé vos trois fils, hier, en passant devant le lycée, et j'ai failli ne pas les reconnaître ! Qu'est-ce qu'ils ont grandi ! De biens beaux gaillards, vous avez là. Et Odile ? Comment va-t-elle ? Ça fait un moment que je ne l'ai pas vue.

– Vous… vous n'êtes pas au courant ?

– De quoi donc, Gérard ?

– Eh bien… Odile nous a quittés.

– … Elle est morte ?

– Mais non, voyons ! Elle nous a quittés, moi et les enfants… elle est partie !

– Ah bon ! Vous m'avez fait peur…

– Cette tendance à toujours tout exagérer… Oh ! Pardon, Mélie ! Je ne voulais pas dire ça… Je ne suis pas trop dans mon assiette, en ce moment, alors vous comprenez… il y a des choses qui… Elle a laissé un mot, avant de partir ! Odile. Sur le mur de notre chambre. À la peinture rouge ! Elle a écrit… Non, je ne peux pas. Mais c'est clair, elle ne m'aime plus. Et bing ! En pleine poire ! Voilà. Mais… je ne veux pas craquer. Je dois penser à mes patients. Qui attendent que je m'occupe d'eux, que je les soigne. Leurs petites maladies, leurs petites déprimes… C'est terrible, mais je n'y arrive plus. Et je m'en fous ! Non. Je dis ça, mais… vous le savez bien, vous, que je ne pense pas toujours tout ce que je dis. Écoutez, je ne vais pas très bien, je crois. Et mon problème c'est que… je ne supporte pas l'idée de me retrouver seul. La solitude, ça me… panique. Tout petit, déjà… Et là, en plus, à mon âge… Ah ! c'est vrai… mais vous, Mélie, depuis le temps, vous devez être habituée, non ?

– Oui, bien sûr. Je crois quand même, Gérard, qu'à quarante ans vous avez encore tout le temps de… Bon, je comprends. Ce n'est pas le moment. Écoutez, si vous avez besoin de parler ou de pleurer encore un

12

peu, n'hésitez pas à m'appeler, ou passez me voir. D'accord ? À bientôt, mon garçon.

Mélie est sonnée. Pas qu'Odile ait quitté Gérard. Ça, ça lui pendait au nez depuis longtemps, à cet idiot. Mais que ses résultats ne soient pas…

Elle vient à peine de raccrocher, et le téléphone resonne déjà.

– Mélie ?

– Oui.

– C'est moi.

– Qui ça, moi ?

– Ben, moi, Fanette… ta fille… tu te rappelles que tu as une fille, au moins ? Qu'est-ce qu'il se passe ? Ça ne va pas ?

– Non, non. Ça va. C'est juste que je viens de parler à Gérard, et que…

– Ah bon ! J'ai cru une seconde que tu avais eu une embolie cérébrale ou un truc qui fait perdre la mémoire, tu vois le genre…

– Arrête, c'est pas drôle. Le pauvre. Il est complètement effondré. Je me demande comment les enfants vont le prendre… Tiens-toi bien. Odile les a quittés.

– Quoi ? Elle est morte ?

– Mais non, voyons ! Elle est partie, c'est tout.

– Tu m'as fait peur…

– Il n'avait pas l'air bien, quand même. Tu devrais l'appeler.

– Ouais… on verra. En attendant, moi, je voudrais te parler de demain. Donc, Clara arrive au train de 15 h 12…

2

Marcel, pas très peinard

Mélie n'a pas eu le temps de réfléchir au coup de fil de Gérard, parce qu'elle a passé toute la nuit à essayer de réparer sa voiture. Malheureusement, sans succès. Pour aller chercher Clara à la gare, elle a dû trouver une autre solution. Elle a ressorti la vieille mobylette orange. Quasi un demi-siècle, mais elle pète toujours au quart de tour ! Super bécane, la mob orange ! Et puis Mélie a attelé la remorque pour transporter le vélo de la petite. Ça devrait aller. Il n'y a pas une si grande distance entre la gare et la maison. Dix, douze kilomètres, c'est pas le diable ! À son âge, elle faisait le trajet aller-retour, tous les jours, pour aller à l'école… Et puis, Clara adore faire du vélo. Juste penser à ne pas en parler à Fanette, c'est tout.

En attendant, elle a à peine dormi et le manque de sommeil ne lui convient pas. Les excès de café non plus, d'ailleurs… Elle est… un peu trop tendue.

C'est mardi matin. Comme toutes les semaines, elle a appelé Marcel, son mécanicien mais néanmoins ami. Et là, elle lui a passé un sacré savon, rapport à la panne.

15

Qu'il n'avait plus la main, ou quoi ?... qu'elle ne pouvait donc plus compter sur lui, c'est ça ?... et est-ce qu'il fallait qu'elle envisage, après toutes ces années, de changer de garagiste, alors ?... Pauvre Marcel, qui n'aspire à rien d'autre qu'à être peinard dans sa maison de retraite, à se faire balader dans un fauteuil roulant, pour prix d'une vie de dur labeur... Et, alors qu'il n'a plus à se faire chier, n'a plus à se lever à cinq heures du matin, n'a plus à mettre les mains dans le cambouis, à puer l'essence, et à se briser les reins sous des moteurs pourris... qu'il peut enfin goûter au plaisir de ne plus rien faire du tout, il y a encore une vieille chouette qui vient sans arrêt lui casser les bonbons, à lui parler de son auto, qui n'en a plus que le nom !

– Mais c'est plus rien qu'une épave, depuis le temps que tu la roules, ta caisse ! T'entends, Mélie ? Tu me les casses, avec ton épave, nom de Dieu !

Mais Mélie n'est pas du genre à se laisser entamer facilement. Alors, il sait déjà qu'elle répondrait...

– Faudrait déjà qu'on les retrouve, tes petites noisettes, pour qu'on puisse leur faire quelque chose, mon pauvre vieux !

Donc il a choisi depuis longtemps de laisser couler. D'attendre que ça passe.

Il est un peu philosophe, Marcel.

Et puis, il y a toujours le calme après la tempête, comme il dit souvent.

– Non, sérieusement, Marcel. Quand je mets le contact, le moteur tousse – peuf, peuf, peuf – et puis plus rien. Tu crois que c'est l'allumage ?

– T'as vérifié les bougies ?

– Bien sûr ! Mais ça vient pas de là. Dis donc, je n'ai pas trop le temps de parler au téléphone. Clara arrive cet après-midi, et il faut encore que je prépare sa chambre. Alors, écoute. J'ai appelé Pépé, et il est d'accord pour demain. Il viendra te prendre à dix heures – tu te rappelleras ? – et il te ramènera à cinq heures, comme d'habitude. Ça devrait te laisser assez de temps pour trouver la panne. Enfin, j'espère… Je ferai des salsifis pour le déjeuner. T'aimes ça, les salsifis ?

– Mais Mélie…

– Quoi, « mais Mélie » ? Parce qu'en plus, t'es pas content ? Je te ferai remarquer qu'à cause de cette panne stupide, la petite Clara va devoir faire le trajet de la gare à la maison à vélo ! Douze kilomètres ! Et comme elle n'en fait pas souvent, du vélo, la pauvre petite, elle va avoir mal aux jambes pendant des jours et des jours… Elle va peut-être même devoir rester couchée, si ça se trouve. Ah ! lala, je vais bien finir par devoir acheter une nouvelle voiture, si t'es plus capable de réparer celle-ci… Mais comment je vais bien pouvoir faire pour payer une voiture neuve, avec ma retraite, hein ? T'as une idée, toi ? Parce que moi, je ne vois pas.

Marcel grogne.

Il se dit que Mélie, c'est vraiment une sorcière, des fois…

Mais que… d'ici à demain…

Il pourrait s'en passer des choses. Va savoir…

Il se pourrait très bien que… pendant la nuit… il claque !

Paf ! D'un coup !

Ah ben… on sait jamais, hein !

À son âge, ce ne serait pas un scoop.

Et là, elle serait drôlement attrapée, la mère Mélie.

Parce que… qui voudrait encore la lui réparer, son épave, hein ?

Eh ben, moi, Marcel, je le dis tout net : PLUS PERSONNE !

3

Mélie rêve et Clara pas

Elle roule à très petite vitesse. Ça fait un moment qu'elle n'a pas regardé dans le rétroviseur. Alors elle ne sait pas encore qu'elle a semé la petite Clara. C'est le ronron du moteur de la mobylette qui l'a fait partir à rêvasser.

Ça fait tellement de bien de laisser les souvenirs envahir sa tête. Surtout les bons. Il n'y a pas de raison de s'en priver. Ce coup-ci, c'est Fernand qui vient faire sa petite visite. Cinquante-cinq ans en arrière. Pas tout jeune, non plus, comme souvenir.

Sur cette même route, ils pédalent tous les deux. C'est l'été, l'air est lourd comme du sirop, et la route sent le goudron chaud. Comme maintenant. Fernand vient d'acheter un vieux tandem. C'est la première fois qu'ils le montent. Ils pédalent en rythme, très concentrés. Plus un mot. Et puis, d'un coup, elle s'imagine la dégaine qu'ils doivent avoir, tous les deux, l'un derrière l'autre, à pédaler si sérieusement… et elle se met à rire… rire… sans plus pouvoir s'arrêter. Elle en a les jambes coupées. Alors, elle arrête de pédaler, bien sûr. Et Fernand se retrouve seul à faire tout le boulot. Il râle un peu. « Mélie… arrête de rire, quoi… » Mais elle, elle rit encore et encore… Quand même, elle essaye de reprendre son souffle. Elle appuie sa tête contre le dos de Fernand. À travers sa chemise, elle sent sa peau et ses muscles vibrer, dans l'effort.

Elle inspire très lentement. La tête lui tourne.

Elle se laisse aller. Grisée.

Ne pense plus. Juste, ressent.

Tout. D'un coup, plus fort. Plus net. Les couleurs vives. Les sons bruts. Les odeurs crues. En une seconde, l'impression de voir des insectes butiner les fleurs le long de la route, d'entendre tinter les petits cailloux au passage des pneus du vélo, et de se sentir, comme liquéfiée, couler dans les veines de Fernand, au rythme des battements de son cœur…

… bom bom… bom bom…

… elle se dissout…

… bom bom… bom bom…

… puis ça revient…

… elle reprend corps…

… Petit à petit…

… la sensation s'estompe.

Alors, vite… avant que ça ne finisse, elle veut se rappeler cette « chose » pour toujours… enfin non, pas pour « toujours » – puisqu'elle sait déjà, malgré ses vingt ans, que rien ne dure toujours –, mais pour longtemps… oui, c'est ça, garder le souvenir de cet instant, pour très très très longtemps, jusqu'à la vieillesse, et même encore après, tiens ! jusqu'à la fameuse seconde avant de mourir, celle où, paraît-il, on voit défiler toute sa vie…

Elle reprend une inspiration.

Et…

Ça y est, c'est fini.

Elle se remet à pédaler.

Et Fernand soupire. « Ah ben, tu te décides enfin ! »

Ils passent devant deux enfants assis dans l'herbe, sur le bord de la route. Qui les regardent, les yeux tout écarquillés.

— Tu vois, Fernand ! J'en étais sûre qu'on avait une drôle de dégaine, tous les deux, sur notre tandem…

À quelques kilomètres de là, Clara s'est arrêtée. Elle crie…

— Méllllliiiiiie !

Mais Mélie est loin.

Ça commence mal, ouh ! lala, ça commence super mal. Elle le sait, pourtant, que je n'ai pas l'habitude de faire du vélo comme ça, sur des kilomètres ! J'ai trop mal aux jambes, là. Quand maman va téléphoner, je vais pas me gêner pour lui raconter. Juste le jour où j'arrive, la voiture en panne… ouais, enfin… l'épave !

En tout cas, je suis crevée, je ne bouge plus d'ici.

Elle lâche le vélo qui se couche au milieu de la route, et s'assied dans l'herbe.

Elle fait la gueule.

Ça devait être joyeux. Le premier jour de vacances. Les grandes. Celles qui durent tout l'été. Mais là, ça commence vraiment trop mal.

Un caillou plus gros sur la route. La roue de la mob sursaute. Mélie aussi. Les souvenirs remballent. Salut Fernand.

Œil au rétroviseur.

Clara ?

Où est… ?… ma petite Clara !

Vraoum. Elle fait rugir le moteur de la mob. Demi-tour en épingle à cheveux. Avec la remorque, il faut quand même y aller mollo, elle pourrait verser.

— Ma petite, ma pauvre petite… Pourvu qu'il ne lui soit rien arrivé.

Un kilomètre… deux kilomètres…

De loin, le vélo couché au milieu de la route…

Mélie s'affole.

— Clara ! Tu es tombée ?

La petite ne répond pas.

— Tu t'es fait mal ?

Elle ne répond toujours pas.

— Tu as crevé, alors ?

— C'est presque ça, ouais.

— Ah ! Tu m'as fait peur ! Mais, chérie, tu as roulé comme une championne ! La reine de la bicyclette ! À ton âge, j'étais moins forte. Et j'en faisais pourtant tous les jours, du vélo. Allez, on est presque arrivées. Bois un coup. La gourde est dans la remorque. Ah ça, quand je vais dire à ta mère que tu as fait tout le chemin à vélo… elle va pas en revenir, dis donc !

4

Fanette, aux nouvelles

– Elle dort déjà ? Mais il n'est que sept heures et demie ! Elle n'est pas malade, tu es sûre ? Si tu as un doute, tu peux demander à Gérard de passer. Il n'est pas loin. Oh merde ! J'ai encore oublié de l'appeler ! Tant pis, demain… Entre nous, je ne suis pas du tout étonnée qu'Odile l'ait quitté, hein. Le plus étonnant, c'est qu'elle soit restée aussi longtemps ! Il est tellement chiant. Aucun humour. En plus, j'ai comme l'impression qu'il est en train de virer réac… La dernière fois que je lui ai parlé, il m'a sorti des trucs sur l'éducation des mômes… hyper limite ! Ça faisait combien de temps qu'ils étaient ensemble, déjà ? Dix-sept ans ? Tu plaisantes… Non ? Oh putain ! Ah ben ouais… j'avais vingt-trois ans quand on s'est séparés, j'en ai quarante maintenant. Quarante moins vingt-trois… c'est ça, dix-sept. Ah ben tu vois, j'aurais pensé moins. Et si je l'appelais, Odile ?… C'est vrai, on n'a jamais été très copines, mais là… c'est pas pareil. Quoi ? À la peinture rouge ? Sans blague ! Trop marrant ! Je vais l'appeler tout de suite… Si, si,

23

j'ai son portable. Je ferai celle qui n'est pas au courant, t'inquiète. Je te raconterai. Et, Mélie, tu embrasses Clara très fort pour moi, OK ? Oui, même si elle dort… Au fait, t'as regardé dans son sac à dos ? J'ai mis la caméra vidéo et le pied. Elle est hyper simple à utiliser. Bon. Sinon, tu voulais me dire quelque chose de spécial ?… T'as commencé à me parler de résultats de j'sais pas quoi, tout à l'heure, et… Bon, bon. Ben alors, bisous. À demain.

5

Salsifis, mécanique
et compagnie

Clara s'est réveillée de bonne heure. Neuf heures et demie. C'est encore tôt, quand on est en vacances… Elle entend Mélie fourgonner dans la cuisine. Le soleil filtre à travers les fentes des volets. Waouw, génial ! On dirait qu'il fait beau. J'ai trop la flemme de me lever… Allez, faut y aller. Aïe ! Mes jambes ! J'ai hyper mal aux jambes !

– Méllllllliiiiiiie !

– Oui ?

– J'ai mal aux jambes ! ! !

– C'est normal, mon petit poussin. Le vélo, il faut en faire tous les jours pour ne pas avoir de courbatures. Ça ira mieux demain. Tu descends ? Il fait très beau. Le petit déjeuner t'attend sur la table du jardin.

– OK, j'arrive.

Ça fait des mois qu'elles ne se sont pas vues. Clara a plein de choses à lui raconter. Alors, pour commencer… mais tout se bouscule et elle balance en vrac.

Ses profs sont nuls, mais elle s'en fout, parce qu'elle s'est fait des super copines cette année, toutes trop sympas, et puis… elle a un petit ami. Il est en CM2 aussi, ouais… Et il est amoureux… Ben si, elle sait. Parce qu'il lui a dit, tiens !… Elle ? Non, elle l'est pas trop… Et puis, ils se sont déjà embrassés… Une fois… mais c'était pas vraiment bien. Du coup, elle pense qu'elle devrait peut-être changer de petit copain à la rentrée. Qu'est-ce que t'en penses, Mélie ? C'est mieux, non ?

Mélie se dit qu'à son époque, c'était pas comme…

Mais elle n'en parle pas. Ça ferait trop vieux jeu. Elle dit juste :

– Ouais. C'est mieux. De toute façon, s'il sait pas embrasser, c'est sûr que…

Pépé arrive avec Marcel.

Il n'a pas l'air de bonne humeur, le vieux Marcel. Pas très envie de faire de la mécanique, on dirait. Ça l'emmerde. Alors, il le montre en tirant la gueule. Mais quand il aperçoit Clara, il y a une petite lumière qui s'allume dans ses yeux. Elle court lui ouvrir la portière, l'embrasse, le tire par le bras pour l'aider à descendre de voiture. Il oublie sa fatigue et ses douleurs aux jambes, ses douleurs un peu invalidantes qui font qu'il ne peut plus trop quitter son fauteuil roulant. Même si, des fois… il fait un petit tour à pied, quand personne ne le voit. Ah ben ! On peut faire des exceptions ! Et Clara en est une, sans aucun doute. Mélie glousse en douce, et Pépé sourit, en déchargeant la chaise roulante. Il n'est pas dupe non plus, l'Pépé. En fait, ici tout le monde l'appelle Pépé, mais il s'appelle vraiment Pédro. Et il n'a que trente ans. Il est arrivé à la maison de retraite, comme infirmier. Maintenant il est concierge, ça gagne mieux.

En plus, quand il a le temps, il rend des petits services.

– Yé répasse à cinq hore, Marcel.

– OK, Pépé ! À tout à l'heure.

À midi, comme avait menacé Mélie, ils ont mangé des salsifis. Et après, Marcel a fait une longue sieste sous le tilleul. Assez pétaradante.

Les commentaires ont été bon train.

– Ça ne doit pas être très bon pour la couche d'ozone, tout ça…

– Il faudrait proposer de classer les salsifis dans les produits dangereux.

– On ne devrait les trouver qu'en bottes, entourés de ficelle rouge, avec une tête de mort sur l'étiquette. Comme la dynamite dans les bandes dessinées de Lucky Luke !

Clara et Mélie ont bien rigolé.

Mélie a posé des outils sur une vieille table à roulettes, pour que Marcel ait tout sous la main.

Et il a commencé à travailler.

– Prends la clef de douze, Clara, ma poulette… non, pas celle-là, l'autre à côté… voilà, c'est bien… tourne… mais dans le sens contraire des aiguilles d'une montre, puisque tu dévisses, voyons !… Là… c'est bien… Tu

vois quand tu veux… Maintenant… Allez, donne-moi
ça.

Il y a toujours un moment où ça le prend. Il attrape
un outil et plonge dans le moteur. C'est sa passion, les
moteurs.

Clara aime bien regarder. Il ronchonne tout le
temps, commente tout ce qu'il fait, jure avec des
vieux gros mots. « Sacrebleu », « Nom d'une pipe »,
« Pute borgne ! » Pourquoi borgne ?… Mystère.

Et elle pose des questions, aussi.

– Dis Marcel, elle sert à quoi, la durite qui pen-
douille, là ?

– Quelle durite ? Ah ben ! C'est pas croyable. Elle
est là, la panne, bien sûr.

Il grommelle pour lui-même, mais Clara entend
bien…

– Encore un coup de Mélie, casse-bonbons celle-
là !

Pépé est arrivé à cinq heures précises.

Mais ça a paru trop tôt.

Juste au moment de partir, il y a un moucheron qui
a atterri dans l'œil de Marcel. Clara a bien cherché,
mais ne l'a pas trouvé. C'est rien, a dit Marcel. Ça
pique un peu, c'est tout. Mais, quand même, son œil a
pleuré, parce qu'il est sensible aux corps étrangers.

Et puis ils sont partis.

Mélie et Clara sont restées un moment sans rien
dire.

Chaque fois, c'est pareil.

Il est quand même vieux, Marcel…

Finalement, Clara a demandé…

– Pourquoi tu casses toujours la voiture ?

– Pour lui donner du travail, tiens.

– Je crois qu'il le sait…

– Oui, c'est possible. En attendant, c'est toi qui as trouvé la panne. Bravo ! J'ai passé la nuit à chercher ! Et impossible de me rappeler ce que j'avais fait.

Il faudrait que je pense à le noter quelque part, la prochaine fois…

Tu me le rappelleras ?

(5 suite)

Un orage, des escargots

Plus tard, il y a eu un orage. Clara et Mélie se sont mises à l'abri dans la maison. C'était du gros orage. Du qui fait peur.

Mélie s'est mise à raconter une histoire. Elle a eu ce drôle d'air qu'elle prend ces derniers temps, quand on dirait qu'elle regarde en dedans, alors qu'elle regarde vraiment en arrière…

Quand on avait neuf, dix ans – comme toi maintenant – Mine et moi, on disait tout le temps :

– Oh la vache !

À tout bout de champ, pour un oui, ou pour un non…

– Oh la vache !

Mais cette fois, quand on a dit…

– Oh… la vache !

– Ah ouais… la vache !

… c'est vraiment parce qu'on ne trouvait pas d'autres mots. Ce qu'on a vu, ce jour-là, c'était vraiment pire que tout ce qu'on aurait pu imaginer.

– Ça alors…

– Ah ouais, dis donc…

Ahuries, on avait les yeux tout sortis de la tête. Hypnotisées. Et avec, en plus, une grosse pétoche ! Parce qu'on n'avait pas le droit d'être là ! On nous l'avait formellement in-ter-dit !

Mais on est restées. Pour regarder encore.

Il pleuvait des cordes. Mais on est restées quand même.

Et puis, Mine a dit…

– Ça pue, tu trouves pas ?

– Ah la vache, ouais, ça pue le cochon grillé…

– Qu'est-ce qu'on fait ?

– Vite, on se tire !

On a couru à travers champs, en se tordant les chevilles sur les pierres. Dans les prés, en sautant pardessus les bouses. On a rampé le long des haies, en évitant les ronces, et on est passées sous les barbelés, en y laissant un bout de chandail, comme chaque fois. Arrivées sur le chemin derrière le cimetière, tout essoufflées, on s'est allongées par terre, dans la boue.

– J'me sens pas bien, a dit Mine.

– Moi non plus, j'ai répondu.

On a vomi en même temps ! Dégoûtant !

On en a eu les larmes aux yeux, Mine a sorti un vieux mouchoir qui traînait au fond de sa poche, on s'est essuyées et on est rentrées, chacune de notre côté. Pas très fières.

Ce qu'on a vu ce jour-là, en tas, tout noir, qui fumait encore et puait le cochon grillé, c'est tout ce qui restait d'Abel Charbonnier. Foudroyé au milieu de son jardin, accroché au manche de son râteau.

Va savoir pourquoi, au plus fort de l'orage, il lui aura pris l'envie de ratisser son jardin ! On ne saura jamais.

En tout cas, à partir de ce jour-là, sa maison s'est appelée « la maison du foudroyé », et sa femme, « la femme du foudroyé ». Pas très original, tu me diras… mais ça n'arrive pas souvent, non plus, des choses pareilles.

La pauvre Hortense Charbonnier, ça lui en a fichu un sacré coup.

Rends-toi compte. Elle, dans sa maison, comme nous maintenant, et dehors, l'orage qui gronde.

– Ouh ! la ! Elle a pas dû tomber ben loin, la foudre, dis-moi voir… Mais où qu't'es donc encore passé, mon Abel ?

Et là… elle regarde par la fenêtre, et elle voit… Abel en train de griller, tout debout, au milieu du jardin, collé pour l'éternité au manche de son râteau, tout dressé vers le ciel.

Pendant des mois, elle n'est plus sortie de chez elle. On pouvait toujours sonner à sa porte, elle répondait pas. Les volets fermés, la lumière éteinte. Toute tourneboulée, l'Hortense.

Ils s'entendaient bien pourtant, ces deux-là.

C'est une peine, tout de même…

Que ça tombe sur des qui s'aiment, un coup de foudre pareil.

Pensives, un moment…

– Dis, Mélie, elle est sympa ton histoire. Sauf que… t'en aurais pas une un petit peu plus marrante ? J'ai peur quand il y a de l'orage… et là, je crois que ça va être encore pire, à partir de maintenant !

– Pauvre petite Clarinette ! Mais tu sais, c'est plus fort que moi. Chaque fois qu'il y a du tonnerre et des éclairs, j'y repense. Et je me demande encore aujourd'hui… qu'est-ce qui a bien pu lui passer par la tête, à cet idiot d'Abel, d'aller ratisser son jardin juste à ce moment-là ?

L'orage a fini par s'apaiser, et elles sont sorties toutes les deux, avec leurs bottes et leurs cirés. Plus d'éclairs, plus de tonnerre, juste la pluie, qui continuait de tomber. Bien dru.

Elles ont chanté la chanson de Nougaro…

> *La pluie fait des cla-quet-tes*
> *Sur le tro-ttoir, à mi-nuit*
> *Parfois je m'y a-rrê-te*
> *Je l'admi-re*
> *J'applaudis*

Et puis surtout, la fin de la chanson, que Clara adore brailler, en menaçant le ciel du poing, comme une boxeuse…

> *Salut ! Pourquoi tu pleures ?*
> *Parce que je t'aim-e, sale eau* !*

---

* « La pluie fait des claquettes », paroles de Claude Nougaro, musique de Maurice Vander, © Les éditions du Chiffre Neuf / EMI Music Publishing France.

Elles se sont rendu compte qu'elles n'étaient pas seules à aimer sortir sous la pluie. Une petite centaine d'escargots, aussi. Mélie a décidé de les ramasser et de les faire jeûner jusqu'à la semaine prochaine. Elle les passera à la casserole quand Marcel viendra réparer la nouvelle panne de voiture.

— Et pourquoi pas le moteur de la machine à laver, cette fois-ci ?

— T'as raison, ça le changera.

6

Marcel marche bien

Marcel n'a pas faim. En arrivant, il a dit à Pépé qu'il préférait aller se coucher directement. Un de moins dans la salle à manger, ça arrange tout le monde. Au dîner, le personnel est occupé au grand complet, ici. Il y a beaucoup de grabataires. « Et une cuillerée pour papy »… Marcel préfère ne pas voir ça. Lui, c'est un privilégié. Il arrive encore à tout faire tout seul. Même marcher ! Mais, ça, personne ici n'est censé le savoir. Parce que… la chaise roulante, c'est un peu du pipeau. Une petite arnaque, quoi. Au départ, c'était juste pour éviter les séances de gymnastique obligatoire qu'il a prétexté des douleurs dans les jambes. Il s'est mis à boitiller, à grimacer, à gémir en silence, l'air de dire : « C'est dur, mais je prends sur moi, vous savez. » Ça a ému. Il a baratiné, pour enfoncer le clou. Il a convaincu. Et il a eu sa chaise. Se faire balader, piquer un roupillon n'importe où, n'importe quand, c'était très plaisant. Il s'est pris au jeu. Et puis, ça correspondait bien à son idée du farniente. Du plus rien faire du tout. Nada ! Son credo, une sorte de profession de foi. Une réaction tardive contre toutes ses années d'esclavage au travail. Il y a mis la même conviction que quand il militait à la Ligue. Droit au repos pour tous les travailleurs, nom de nom ! Mais, voilà, c'est comme tout. À force de ne rien faire, on finit par s'ennuyer. Alors, depuis quelque temps, quand il est seul dans sa chambre, ou la nuit, quand tout le monde dort, il sort faire un tour. Il marche très bien, très vite, très longtemps. Et sans canne, encore.

Tout faire, sans l'aide de personne…

Son jardin secret.

Il a bien eu, dernièrement, quelques petites faiblesses, du côté de la vessie. Ça l'a fait réfléchir. Mais il n'en a parlé à personne.

Ni vu ni connu, j't'embrouille.

Ça ne regarde que lui.

Dans son studio aménagé, il y a un coin cuisine. Il n'est pas obligé de manger avec les autres. Il invite des potes, quelquefois. Mais il n'en a plus beaucoup. Ça se dépeuple, dans sa génération. Surtout les hommes.

Marcel va avoir soixante-dix-huit ans.

Sa femme, Andrée, est morte il y a dix ans. Au début, ça l'a déboussolé, bien sûr. Mais ils ne s'aimaient plus depuis déjà très longtemps. Alors c'est juste l'habitude de sa présence qu'il a dû apprendre à perdre. Et il a aussi appris à faire le ménage, les courses, la cuisine, la vaisselle, la lessive, le repassage, les comptes, les factures et tout le toutim. Andrée faisait ça très bien.

Une femme d'intérieur parfaite. Pour le reste… rien. Toute sèche. Comme handicapée de ce côté-là. Même jeune. Ça ne l'a jamais travaillée. Elle a passé toute sa vie sans savoir qu'il y avait du bonheur à prendre, par en dessous de la ceinture. Pauvre Andrée.

Ils se sont mariés très jeunes. Elle s'était laissé faire une première fois avant leur mariage. Ça s'était passé un peu à la va-vite. Il était fougueux et manquait encore d'expérience. Et la deuxième fois, pendant leur nuit de noces. Mais il avait trop bu, ce soir-là, et n'en avait gardé aucun souvenir. Et puis, fini. Plus rien. Plus jamais rien. Voilà. Aussi incroyable que cela puisse paraître, Marcel n'a jamais su comment étaient faits les seins et les fesses de la femme avec qui il a été marié pendant quarante-six ans. Parce qu'il ne l'a jamais vue à poil !

Alors, bien sûr, ils n'ont pas eu d'enfants. Les deux fois, ça n'était pas tombé les bons jours ! D'autant qu'il en aurait voulu des tas, des lardons. Des qui courent, jouent, crient, rient, foutent le bordel partout dans la maison. C'était son rêve depuis toujours, une maison pleine d'enfants. Chez ses parents, ils étaient sept. Cinq garçons et deux filles. Ça piaillait dans tous les coins. Et même si la vie était rude en ce temps-là, et qu'ils se couchaient souvent le ventre vide, ils étaient tous ensemble, heureux et fiers comme des petits papes ! Jamais personne n'aurait pu les séparer. Personne ! Que la guerre qui y est arrivée. Les lui a tous pris. D'un coup. Ses sœurs, ses frères et ses parents. En un coup. Putain ! Ça le fait encore chialer, même après tout ce temps. P'pa, m'man, Pierrot, Claude, Martin, Jeannot, Louisette, Mimi… J'arrive bientôt ! Et on sera tous ensemble, comme avant !

Bon. Il n'a pas envie d'y penser maintenant.

Ça hante déjà suffisamment ses nuits.

Alors, les enfants…

Ils n'en ont pas eu. Mais pour le reste, il a eu son compte. Des maîtresses, beaucoup de maîtresses. Ah ça… ça y allait ! Et elles lui en ont fait voir… De toutes les couleurs ! Les coquines ! Il a été gâté de ce côté-là, il peut le dire.

Il en a retrouvé deux, ici, récemment. C'est amusant de se rappeler le bon temps. Elles prennent encore des petits airs malicieux, en parlant de leurs rendez-vous galants. Ce sont pourtant des histoires vieilles de trente ou quarante ans…

Finalement, il n'y a que le grand amour qu'il n'a pas eu.

Mais il l'a effleuré.

Un grand amour secret.

C'est tout ce qu'il a eu.

Et « elle » ne l'a jamais su.

Mais si c'était à refaire, il s'y prendrait autrement. Il ne ferait pas le con. C'est trop long, toute une vie sans un grand amour.

Bon, c'est pas le tout. Il va aller dormir, maintenant.

La journée a été crevante.

7

Gérard et ses symptômes

– Allô, Fanette ? C'est Gérard. Je ne te dérange pas, là ? J'ai besoin de parler à quelqu'un… Non, non, je n'en ai pas pour longtemps. Écoute, je ne me sens pas très bien, en ce moment… Ah, tu es au courant pour Odile ?… Oui. Ben tu vois, finalement je m'y fais… tout doucement, mais sûrement. Les garçons aussi, oui… Ils ont déjà leurs vies, ils en ont un peu rien à foutre, quoi… Non mais, je voulais te parler d'un problème précis… que j'ai. Je sens… qu'il y a quelque chose qui cloche chez moi… Ah, j'étais sûr que tu dirais ça ! Mais je suis sérieux, là… Oui, sûrement des bouffées d'angoisse, mais… Non, j'te dis ! C'est plus que ça… Mais merde, Fanette ! Écoute-moi, quoi ! J'te dis que j'ai quelque chose à l'esto-mac ! Voilà. Quand je mange, j'ai de suite la nausée. Pas juste une simple nausée, non… un vrai truc vio-lent, et hyper douloureux, tu comprends… Et puis, je vomis souvent après, aussi… Ah, tu crois que je devrais ?… Eh oui, je me disais aussi que… Aïe ! Il va falloir que je trouve quelqu'un pour me remplacer au

41

cabinet, alors. C'est vraiment un coup dur, ça… Pour Odile ? Oh non ! J'aurais dû me douter que ça arriverait un jour. On n'était pas vraiment faits l'un pour l'autre, tu sais. Elle est trop insouciante, trop immature. Non, mais là, avec cette tuile qui me tombe dessus… On se rappelle, hein. Je vais prendre rendez-vous tout de suite, pour les examens. Je t'embrasse. Merci pour tes conseils.

Fanette décide d'appeler Odile.

– Allô, Odile ? C'est Fanette. Écoute. Je pense qu'il vaut mieux que tu saches… Gérard a… enfin… je crois que Gérard a quelque chose de grave, peut-être même quelque chose de très grave… Comment ? Gérard, hypocondriaque ?… Mais qu'est-ce que tu racontes, Odile ? Je t'appelle pour te dire que ton mec va peut-être crever, et tout ce que tu trouves à dire c'est qu'il est hypocondriaque ?… Et moi aussi ? Ah ben ça, c'est la meilleure… Mais t'es vraiment qu'une conne, finalement !

Fanette a pris sa tension. Elle était grimpée à 18 ! Elle a décidé de s'allonger un moment. Elle reprendra les consultations plus tard.

8

Clara sans Play

La première semaine est passée comme une flèche ! Clara ne s'est pas ennuyée une seconde. Pourtant, au départ, ça ne se présentait pas très bien. Le lendemain de son arrivée chez Mélie, elle s'est rendu compte avec consternation (mais le mot est faible…) que sa PlayStation ne marchait plus. Le coup de chaud ! Elle adooooore jouer à la Play. C'est son plaisir, son kiff, sa passion ! Et là, plus de Play ! Deux mois sans jouer ? La galère assurée. Eh ben finalement, elle arrive à vivre sans.

Pour l'instant, en tout cas…

Mais elle a des journées bien remplies.

Après le petit déj, elle part acheter le pain, à vélo. Aller-retour, ça fait presque douze kilomètres. C'est pas de la crotte de bique ! Elle passe par des petits chemins pas trop défoncés, parce que son vélo, il est pas tout-terrain. C'est un peu sportif, un peu tape-cul, mais bien plus marrant que par la route goudronnée. Elle s'arrête quand elle veut, se trempe les pieds dans l'étang, fait coucou aux scouts qui campent dans le champ du père Thomas, fait pipi dans les buissons sans avoir peur d'être vue. C'est cool.

Et puis quand elle revient du pain, en général, c'est l'heure où sa mère appelle pour prendre des nouvelles. En fait, c'est surtout pour en donner. Ça dure trois quarts d'heure, une heure, ça dépend. Elle est hyper bavarde, Fanette. Surtout quand elle est célibataire. Ou entre deux, comme en ce moment.

– J'ai rencontré un mec plutôt sympa… Il m'a invitée à déjeuner… Oui, c'est un patient… Je sais, Clara, je fais gaffe… Mais là, c'est différent… il ne parle pas que de sa santé, lui… il s'intéresse aussi à la mienne. Non, mais… il m'a juste invitée à déjeuner, c'est tout ! Ah, au fait, je ne t'ai pas dit ? J'ai eu Odile, hier, au téléphone. Quelle pouffiasse ! Elle a eu le culot de me dire que Gérard et moi, on était des hypocondriaques !… Ben, comment t'expliquer… c'est quand les gens s'inquiètent sans arrêt pour leur santé. Alors tu vois, pour des médecins, si on était hypocondriaques, ce serait vraiment un comble, hein !

Clara ne dit rien. Mais elle pense que… dans le fond, elle n'a pas complètement tort, Odile. Surtout en ce qui concerne Gérard. On pourrait même dire qu'il est encore plus qu'hypo… qu'il est hyper con… driaque, Gérard !

– Bon, faut que j'y aille. On se rappelle demain ? Bisous.

Voilà. C'est du boulot, les parents…

Après la séance de téléphone, Mélie l'envoie cueillir quelques fruits et légumes, pour le déjeuner. Au

44

passage, elle se tape une grosse quantité de framboises, ou de fraises, ça dépend des fois. Les fruits, c'est bien en entrée, il paraît. Ça ouvre l'appétit. Et puis, c'est trop bon ! Elle est un peu maigrichonne, alors elle a de la marge. Elle peut manger tout ce qu'elle veut, ça ne la fait pas grossir. Elle a de la chance, parce qu'elle a des copines qui sont obligées de faire des régimes horribles, où il faut tout calculer, tout peser… Mais quand même, elle aimerait bien grossir à certains endroits. Un peu des fesses, et, si possible, un peu de la poitrine. Audrey, elle, elle en a de la poitrine. Mais la pauvre, elle a aussi ses règles. Ça, c'est hyper handicapant pendant les vacances. Elle ne peut pas aller à la piscine quand elle veut, ou… se mettre en maillot de bain, ou… plein d'autres trucs comme ça. C'est nul, les règles. Le mieux, ce serait de ne pas les avoir. En tout cas, pas avant la rentrée.

Après le déjeuner, c'est Mélie qui décide du programme.

Hier, par exemple, elles ont passé plusieurs heures à regarder pousser les bambous. Mélie dit que s'ils grandissent de quinze à vingt centimètres par jour, on devrait pouvoir les voir pousser. Elles se sont installées dans des fauteuils, avec de quoi manger, boire, et écouter de la musique. Elles ont écouté *La Traviata* en entier. Mélie adore la Callas. Pour regarder pousser les bambous, c'est pas mal, l'opéra… Il y a juste que, des fois, pour mieux écouter, on ferme les yeux. Et là, c'est possible que ce soit pile le moment où il se passe des choses…

En tout cas, elles n'ont rien vu de spécial. Alors, elles se sont dit que les bambous préféraient peut-être pousser la nuit... ou peut-être qu'ils n'aimaient pas l'opéra...

Elles ont décidé de fixer des toises et d'installer de la lumière.

Elles y retourneront une autre fois. Un soir ou une nuit.

Et ce coup-là, elles essayeront... Olivia Ruiz ?... Grand Corps Malade ?... ou Bénabar ?

Faut voir.

9

Mélie se fout de savoir

Mélie est encore dans son lit. Elle traîne un peu. Il est tard, mais elle a beaucoup de mal à se lever. C'est vrai que depuis le coup de téléphone de Gérard, à propos de ses mauvais résultats d'analyses, elle ne dort plus très bien. Et ça commence à la fatiguer. Toutes ces heures d'insomnies, à tourner, retourner le problème dans tous les sens. Pour arriver toujours au même résultat : rien ! Elle s'en veut. Et elle s'engueule… C'est quand même incroyable ça, de ne pas avoir envie de savoir ce qui se trame, dans les profondeurs invisibles de sa chair ! Alors d'accord, c'est difficile de ne pas avoir de symptômes, ni de douleurs. Ça handicape, c'est trop abstrait… Mais ce n'est pas une raison ! Il faut faire un effort ! Imaginer un peu, quand même !… Elle essaye de se convaincre, mais ça ne marche pas. C'est simple : elle ne se sent pas concernée. Et c'est bien ce qui la trouble le plus. Elle, qui considère la curiosité comme une nécessité vitale, se fout royalement de connaître le nom, la forme et le lieu où s'est – peut-être – installée cette « chose ». Si chose il y a, évidemment… D'ailleurs, pour preuve de son inintérêt, elle n'a même pas ouvert l'enveloppe avec les résultats d'analyses que lui a envoyée le laboratoire.

Elle se fout de savoir, c'est tout.

Elle a envie de ne penser qu'à Clara, sa petite-fille. C'est la première fois que Fanette la laisse ici toutes les vacances. Elle ne veut pas en perdre une miette. Et si sa vie doit s'arrêter bientôt, elle veut d'autant plus en profiter pour passer le plus de temps possible avec elle.

Et pour le reste… elle verra plus tard.

Mélie a soixante-douze ans.

Ça va faire douze ans que Fernand, son mari, est mort. Dans les bras de sa maîtresse. C'est son cœur qui a lâché. Mais ça s'est bien passé. Il n'a pas souffert. Et Mélie non plus… Il y a des gens qui disent que l'amour dure trois ans ? Eh bien, eux, ça n'aura été que deux. Et ce qui a suivi… une sorte de rien. Une chape de silence. Quarante-deux ans sans rien se dire, c'est long. Mais bien sûr, il y a eu des petites lueurs d'espoir, au milieu de tout ce néant… Des petits lambeaux de tendresse égarés. Et elle s'y est accrochée. Pour respirer. Pas se noyer… Dans ces moments-là, elle acceptait tout. Les remords, les serments, les excuses. Elle devait savoir, pourtant… Mais non, elle voulait croire. Et puis un jour, elle a décidé que ce serait le dernier. Sans le savoir, elle avait choisi le bon. Neuf mois plus tard, Fanette est arrivée. Qui lui a donné – plutôt rendu, c'est plus exact – toute sa force.

Et Mélie, de toute sa force retrouvée, a protégé sa princesse. Et elle a réussi. Fanette n'a jamais su pour son père. Ni sa lâcheté, ni ses trahisons, ni ses mensonges. Même Marcel. Il n'a jamais su non plus… Mais là, Mélie n'y a pas été pour grand-chose. C'est Fernand qui s'est chargé de le lui cacher, à son meilleur ami. Meilleur ami ! Mon œil, ouais ! Depuis, certains jours… elle se demande si elle a bien fait de ne rien dire. Mais bon. C'est fait. Il n'y a pas à y revenir. Elle a mis une croix dessus. Au propre comme au figuré !

Elle rit encore toute seule, en se rappelant la nuit après l'enterrement… Sa voiture pleine à craquer ! Et la trouille qu'elle avait eue de croiser des voisins, ou les gendarmes. Ils auraient pu s'imaginer qu'elle avait braqué le rayon homme des Galeries Lafayette ! Elle n'avait rien gardé ! Même pas un petit mouchoir ! Et hop ! Dans la benne de la déchetterie ! Maintenant, elle se dit qu'elle aurait aussi bien pu tout donner. Ça aurait fait pareil. Sur le moment, ça lui avait vraiment fait du bien, de tout jeter comme ça. Les mauvais souvenirs, à la poubelle ! Mais il y a une chose qu'elle a toujours voulu se rappeler. C'est qu'il lui a fait un très beau cadeau, le pauvre Fernand. Sans le vouloir, bien sûr, mais quand même… Celui de mourir pile au moment où elle a pris sa retraite. Un vrai cadeau bonus ! Comme dans les paquets de lessive ! Et depuis, Mélie savoure. Respire. Vit chaque seconde, comme si c'était la dernière. Simplement. Sans mélo. De toute façon, ce n'est pas son genre, à Mélie, le mélo…

Alors là…

Elle se dit qu'elle n'a pas grand-chose à léguer. Pas de fortune, pas de biens.

Mais elle connaît la force de la patience. Et puis surtout regarder, écouter, sentir… Alors, elle voudrait lui apprendre, tout ça, à Clara.

Lui fabriquer plein de souvenirs.

À la petite Clarinette, p'tit poussin, ma minoune, p'tit lapin, ma pépette…

Des tas de souvenirs ! Des beaux ! Des rigolos !

Alors ? Qu'est-ce qu'elle t'a laissé, ta grand-mère, Clara ?

Du fric ? Un grand appart, une super bagnole ?

Non. Juste des souvenirs. Mais des… uniques… Des qui ne s'oublient pas…

– Clara ? Où tu es, ma chérie ?
– En bas ! Je prépare le petit déj !
– Ça te dirait d'aller à la rivière, aujourd'hui ?
– Ah oui, d'accord. On sort les cannes à pêche ?
– Non. On va faire sans, cette fois-ci…

10

Pêcher

Après le petit déjeuner, Pépé a téléphoné.

– Vous n'auriez pas oune pétite panne de motor, auyourd'houi ? Marcel a bésoin dé sortir. OK. À tout à l'hore.

Mélie a cherché quelque chose à réparer, pour Marcel. Quelque chose de petit, de transportable. Elle a retrouvé un vieux moulin à café électrique. Au moment de lui mettre un coup de marteau, elle s'est dit que ça ne valait pas la peine de le démolir complètement. Elle a juste arraché le câble électrique. Et elles sont parties avec de quoi pique-niquer.

Marcel a refusé de descendre de son fauteuil roulant, quand Pépé l'a déposé à la rivière. Il a bu deux verres de vin, mais n'a rien voulu manger. Il a un peu ricané, pour le moulin à café, et puis il s'est endormi, d'un coup.

Comme dit Clara, il n'a pas la forme olympique.

Elles sont dans l'eau. Pas très profonde, à cet endroit. Mélie a retroussé sa longue jupe noire, mais un pan s'est détaché de sa ceinture et flotte doucement derrière elle. C'est joli, les mouvements du tissu qui ondule dans le courant de l'eau, pense Clara. On dirait la chevelure d'une sirène, qui flotterait au milieu des herbes et des petits poissons… Elle se penche très lentement, approche son visage de la surface, jusqu'à ce que son nez effleure l'eau. C'est comme une caresse. Un baiser esquimau. Les poissons, à cet endroit, ne mesurent qu'un ou deux centimètres. Ouh… ils sont tout petits, trop mignons… Mais ce ne sont pas ceux-là qu'il faut surveiller. Mélie lui fait signe d'approcher doucement, elle en a repéré un gros qui se cache sous les pierres, le long de la rive.

Maintenant, ça fait longtemps qu'elles sont immobiles.

Tout est calme. On entend juste le clapotis de l'eau. Et en fond, la légère rumeur des insectes. Et puis… il y a un nouveau son qui arrive, très doucement… comme un souffle… qui se faufile dans l'ambiance… petit à petit s'impose… imprime un nouveau rythme… plus lent, plus régulier… on dirait comme un fin grincement… peut-être la branche d'un saule ?… qui danserait, mollement ballottée par le roulis… et qui se cognerait régulièrement contre les pierres moussues de la berge ?…

Mélie et Clara se redressent en même temps. Elles se regardent, se sourient, reprennent leur guet. Le son lent et régulier ? C'est Marcel qui s'est mis à ronfler, là-bas, sur l'autre rive…

Et puis, d'un coup : ça y est ! Clara voit le poisson. Il sort lentement de sa cachette, et s'arrête à quelques centimètres des pieds de Mélie. Il est gros ! Il ne bouge presque pas. On dirait qu'il n'a pas peur, qu'il attend d'être pris... Et paf ! Mélie l'attrape ! Avec les mains ! Waouw ! C'est trop dingue ! Fais voir ! Oh, il est beau. Je peux le tenir ? Ah ouais, c'est doux, la peau des poissons... Marcel ! Regarde ! Il a des yeux énormes. J'en ai jamais vu de si près. Je crois qu'il veut retourner dans l'eau. Je le relâche ? Tu crois que je pourrais arriver à en attraper un, moi aussi ? C'est mieux qu'avec la canne à pêche, en tout cas. Ça leur fait même pas mal, aux poissons !

Marcel, de bien meilleure humeur après cette bonne sieste, se lève de sa chaise et se met à chanter... à chevroter, plutôt...

La maman des poissons
Elle a l'œil tout rond
On ne la – voit jamais
Froncer les sour-cils
Ses petits l'aiment bien
Elle est bien gentille
Et moi, je l'ai-me bien
Avec du ci-tron*.

C'est du Boby Lapointe. Un sacré rigolo, ce gars-là, il a dit Marcel.

---

* « La Maman des poissons », paroles et musique de Boby Lapointe, © Éditions Francis Dreyfus, 1971.

11

Fanette téléphone, travaille, et tout le reste…

— Ça va, ma puce ? Tu ne t'ennuies pas trop ? C'est sûr ?… Bon, super. Ben moi, je bosse, j'arrête pas… L'été, il y a moins de cabinets ouverts, alors forcément, ça marche bien… Oui, je sors encore ce soir… Henri m'invite à dîner… Oui, c'est son nom… Il est vraiment gentil… Il a quoi ? Oh, un genre d'eczéma. Des plaques. Sur les jambes, surtout. C'est long à soigner, oui… Ah ben, au moins deux fois par semaine… Mais oui, Clara, je fais gaffe… Non, je ne mélange pas, je t'assure. Et puis, en dehors du cabinet, on n'en parle jamais… enfin, pas longtemps… Non, mais attends ! C'est important, d'un point de vue professionnel, de connaître l'évolution d'un traitement au jour le jour… On peut réajuster le tir ou changer de médicaments, tu comprends ?… Bon. Et Mélie ? Ça va ? Elle radote pas trop ?… Non mais, ça lui arrive de temps en temps quand même… Ah, au fait… tu pourrais regarder dans son armoire à pharmacie, si les boîtes que je lui ai apportées la dernière fois sont entamées ? Je suis sûre qu'elle ne les prend pas. Elle est chiante, avec ça ! Elle ne fait jamais ce qu'on lui dit… Ouh là ! J'avais pas vu l'heure. Il faut que je te laisse, mon p'tit chou. On s'appelle demain, hein ? Bisous. Ah, Clara, attends ! J'ai failli oublier. Bello a téléphoné. Il voudrait te voir. Je crois qu'il veut aller un jour ou deux à la mer, chez ses parents. Ça te va ? Après-demain ? Allez. Je suis hyper en retard. Bisous. À demain.

– Bello ? C'est Fanette. Clara est d'accord pour après-demain… Oui, eh bien, tu n'as qu'à l'appeler toi-même. Tu as le numéro. Oui, moi ça va… Non, j'ai personne. Mais le boulot, pour les rencontres, c'est pas le top… Et toi ? Ah, très bien. Bon. Faut que j'y aille. Salut.

Encore un ex de Fanette. Mais Bello, lui, ce n'est pas le même genre que Gérard. C'est un électron libre. Une espèce d'ovni. Un artiste, quoi. Un jour, il s'est dit que ce serait une bonne idée d'agrandir la famille de Clara. Alors, il lui a demandé si elle voudrait bien l'avoir comme parrain. Elle n'en avait pas, il était marrant, elle a bien voulu. Parrain, c'est un peu comme oncle. Ça n'oblige à rien. Juste quand on a envie, on appelle, on prend des nouvelles, on envoie des cadeaux – en dehors des anniversaires, en général, parce qu'on a oublié la date –, on emmène au ciné, au restau… Enfin, le restau, ça reste quand même assez rare, avec Bello. C'est un fauché chronique. Lui, c'est plutôt les concerts, les boîtes de jazz, les festivals. Il connaît plein de musiciens. Normal, il est contrebassiste. Il joue dans un groupe de jazz manouche. Ça commence à bien tourner, il est content. Mais ça ne résout toujours pas ses problèmes de thunes. C'est dommage, ça gagne pas bien, la musique. Alors, à quarante-sept ans, il vit toujours chez ses parents. C'est relou, mais il est bien obligé…

Fanette ouvre la porte de la salle d'attente. Elle est bondée.

Bon. Eh bien… au suivant !

– Asseyez-vous, madame Pichon. Alors, qu'est-ce qui ne va pas aujourd'hui ? Ah, je vois que vous avez encore amené votre toutou. Mais je vous ai déjà dit la dernière fois : je ne suis pas vétérinaire. Laissez-le dans son sac, dans la salle d'attente, la prochaine fois. S'il vous plaît, madame Pichon…

Les petites vieilles à toutous, c'est gonflant.

C'est sûr que si elle travaillait dans l'humanitaire, ça n'arriverait pas. Et puis, ce serait plus enrichissant moralement. Elle aurait l'impression de servir à quelque chose. Elle aurait des vies à sauver. C'est quand même pour ça…

– Inspirez… Toussez…

… qu'elle a choisi de faire médecine, au départ. Et Gérard aussi. Quand ils se sont rencontrés, ils venaient tous les deux d'avoir leur bac. Et ils hésitaient encore sur ce qu'ils allaient faire. Gérard rêvait de devenir chirurgien, mais, avec lucidité, doutait d'en avoir la carrure. Elle, elle était amoureuse. N'admettait aucune limite…

– Tirez la langue et faites ah…

… aucun frein à leurs vies ou à leurs désirs. C'était très communicatif. Ils se sont mis à rêver ensemble. Ils voyageraient à travers le monde, opéreraient les plus démunis, répareraient les handicapés, rendraient la beauté aux enfants malformés, le plaisir aux femmes excisées. Ils sont allés s'inscrire à la fac de médecine.

– Vous pouvez vous rhabiller, madame Pichon.

En cours de route, leurs ambitions se sont réduites. Petit à petit, ils ont moins souvent rêvé ensemble, et ont fini par se quitter. Gérard a rencontré Odile, qui elle ne rêvait que d'enfants. Ils en ont fait trois d'affilée. L'assurance de ne plus jamais être seuls. Ni de trop pouvoir rêver, non plus. De son côté, Fanette n'a pas fait chirurgie. Mais elle s'est spécialisée. Elle est devenue homéopathe.

Et puis un jour, elle est partie en mission humanitaire.

Une seule fois.

En urgence. Une copine infirmière l'avait appelée. Fanette, viens ! On manque de médecins, de chirurgiens, de tout. C'est dur, on pleure tous les jours… mais merde, ils ont besoin de nous, ici.

Alors, elle a fait son sac et elle est partie. En Colombie.

C'était comme on lui avait dit.

Et même pire.

Mais c'est quand même là-bas qu'elle a rencontré… sa raison d'être.

Clara. Au milieu de tout ce merdier. Y avait Clara. Épuisée par le chagrin. Qui l'attendait.

Elle avait cinq ans, Clara, quand elles se sont rencontrées.

Maintenant, elle en a dix.

Et elle a déjà vécu deux vies.

Petite Clarinette jolie.

12

Bello, parrain de contrebande

Dans la maison au bord de la mer, chez les parents de Bello, sa maman compte les heures.

— Bello a téléphoné. Il va chercher Clara chez Mélie, et pense y être pour onze heures. Hum... vu l'heure à laquelle il a appelé, il va plutôt arriver là-bas vers midi, une heure. Ça fait qu'ils ne seront pas ici avant six ou sept heures du soir. Eh oui ! La ponctualité et lui, ça fait deux, c'est sûr... Mais ce n'est pas grave. En vacances, on ne regarde pas l'heure ! Tu sais, Loulou, je me disais comme ça... c'est peut-être pour tous les musiciens pareil, dans le fond. Parce que, si on porte une montre, quand on joue devant des gens, ça fait comme si on surveillait le temps, comme si on disait : « Vous avez payé votre place pour que je joue pendant quatre-vingt-dix minutes, et je ne vais pas en faire une de plus... » Ça fait la personne qui compte. Tu vois ce que je veux dire ?

— Oui, oui, je vois... Mais ce que je vois surtout, c'est que tu trouves tout ce que fait Bello parfait. C'est tout. Et ça, c'est pas normal, tu vois. À son âge, de lui passer tout comme tu le fais, c'est… pas normal, Suzanne ! Je te signale en passant que ton fils adoré a encore piqué tout l'argent des courses, avant de partir… Mais c'est pas grave, tu m'diras… On ne mangera pas aujourd'hui, c'est tout… Et puis, tiens ! ça tombe bien, on voulait justement faire un régime…

En fin de compte, Bello et Clara sont arrivés vers minuit. En chemin, ils se sont arrêtés pour dîner. Pour une fois qu'il avait du fric, il lui a payé le restau. Elle a goûté aux huîtres. C'était une première. Elle en a mangé six. Mais elle a eu du mal à décider si elle aimait vraiment ça… Ouais, pas mauvais… juste que… c'est vivant, quand même… et puis… ça ressemble un peu à… de la morve ! Oh beurk ! C'est vraiment dégueu, ce truc-là !

Après le restau, ils sont allés se promener sur la plage. Presque la pleine lune. Ça faisait longtemps que Clara n'avait pas vu la mer. Elle l'aime et en a peur. Elle sent qu'il y a quelque chose de son passé qui y est rattaché. Et que c'est sûrement douloureux. Alors, pour l'instant, elle préfère ne pas approfondir. Elle garde ça pour plus tard.

Ils ont marché dans l'eau pendant un petit moment. Bello s'est mis à raconter une histoire. C'est son truc, les histoires drôles. Elle écoute toujours à moitié parce qu'il parle très très vite, et qu'il utilise des mots un peu compliqués, ou qu'elle ne connaît pas… « Le mec il dit au clebs, j't'e vampirise ou j't'encaldosse ? Comme tu veux, tu choisis. Et l'clébard, comme il est pas d'la jaquette, il dit… hi hi hi…

et le mec y répond… » Elle a du mal à suivre. Mais ça doit être marrant, parce que ça le fait bien rigoler.

Ça ne le dérange pas de rire, manger, parler, dormir tout seul, Bello. Quand il était petit, il était enfant unique. Et maintenant, il est célibataire. C'est naturel, pour lui. Ça ne l'empêche pas d'avoir une vie sentimentale très mouvementée. Mais ses histoires d'amour finissent toujours de la même façon. Mal. Il se fait plaquer, et plutôt brutalement. En fin de compte, son petit côté immature, qu'il revendique avec fierté, et qui, au départ, fait sourire, finit toujours par agacer les filles. Elles ont du mal à trouver ça encore « mignon » chez un mec de quarante-sept ans, on dirait…

Mais les enfants l'adorent. Ceux des autres, bien sûr, puisque lui n'en a pas.

Parrain, c'est tout ce qu'il veut être.

Il a déjà trois filleuls. Et il compte bien en avoir d'autres. Il en voudrait dix !

Il aimerait leur apprendre la musique… pour pouvoir monter un Big Band, tu vois… Pour après partir tous ensemble en tournée, à travers le monde…

En Chine, au Japon, en Australie.

Une tuerie, j'te dis !

13

Mélie et le magasin de hi-fi

Mélie va faire un tour en ville, après ses visites à l'hôpital. Elle vient presque toujours en mob. Ça coûte moins cher en essence et c'est plus facile pour se garer. Avant, elle attachait son casque à la roue. Mais depuis qu'un chien a pissé dessus, elle préfère l'emmener avec elle dans son cabas. C'est lourd et encombrant, mais il n'y a pas le choix.

Devant une vitrine. Elle hésite, puis finit par entrer dans un grand magasin de hi-fi.

– Un-deux… un-deux… test… un-deux, un-deux.

– Pourquoi est-ce que vous dites : « un-deux, un-deux, test », jeune homme ?

– Parce que c'est comme ça qu'on fait pour tester les micros, m'dame.

– Ah bon ? Et alors… il marche bien, celui-là ?

– Ben, une seconde ! Je teste et puis après, je vérifie. Stop. Play. *« Un-deux… un-deux… test… un-deux, un-deux. Pourquoi est-ce que vous dites "un-deux, un-deux,* test", jeune homme ? » Stop. Voilà, c'est bon. Vous avez reconnu votre voix ?

– Mmmm oui… Mais dites, j'ai un peu peur de ne pas me rappeler comment le faire marcher, quand même. Vous n'auriez pas un modèle encore plus simple, avec moins de boutons partout ?

– Un truc à trois touches, écrit mégagros, avec un haut-parleur en forme d'entonnoir, c'est ça ? Un truc pour sourd-muet, quoi.

– Vous n'avez vraiment aucun respect…

– Pourquoi… j'devrais ?

– Ben oui… quand même. Bon. Alors… un modèle pour vieux, vous avez ?

– Je dois justement aller en réserve, pour ma pause pipi-branlette-fumette, au choix, ou les trois à la fois. Vous voyez, ça risque d'être long. Mais vous avez tout votre temps, hein, mamie ? Profitez-en pour remuer les petits neurones qui vous restent. Ça fait du bien, vous verrez. Et ça vous aidera pour les mots croisés. Ah, ben v'là le chef de rayon ! Vous n'avez qu'à lui parler de ce que vous cherchez, il va adorer. Allez, j'm'arrache…

Il s'éloigne en grommelant… *Fais chier, plein l'cul d'ce boulot d'merde…*

– Alors… il y a un problème ?

– Non. J'hésite encore sur…

– Écoutez, madame. Ce modèle est très simple. Il convient parfaitement aux gens de votre âge. Et puis il n'y a pas moins cher. C'est une fin de série, un produit déballé et soldé ! On ne peut pas faire mieux ! Alors, ou vous le prenez, ou vous partez, OK ? Vous avez monopolisé mon vendeur pendant plus de dix minutes, pour une vente qui ne présente pratiquement aucun intérêt pour le magasin, alors, essayez de comprendre ce que je dis… Il faut ar-rê-ter de nous faire perdre notre temps, OK, madame ?… Bon. J'me casse, parce que je sens que je vais finir par m'énerver…

Ils ne sont pas gentils, ici. Je ne reviendrai plus. En attendant, je ne sais toujours pas quoi faire… J'ai bien compris comment fonctionnait ce dictaphone. Clic. *Un-deux… un-deux…* Clic. Et puis, c'est vrai qu'il est simple. Petit. Pratique. Pas cher. Exactement ce qu'il faut… mais j'hésite encore…

Oh et puis allez ! Je le prends.

Ouh ! lala ! J'ai les jambes un peu raides. J'ai du mal à courir. Et si la mobylette ne démarrait pas ? Oh, mais c'est pas possible ! Je ne me rappelle plus où je l'ai garée ! S'ils courent après moi, c'est sûr qu'ils vont me rattraper ! Monsieur le Juge, je plaide coupable ! Je vous jure, c'est la première fois… Et la dernière ? Oui, d'accord, la dernière. Mais ils étaient affreux dans ce magasin, ça m'a poussée à bout. Cette haine des vieux, à force, ça use, vous savez. Vous verrez, quand vous aurez mon âge, c'est pas marrant tous les jours… Oui, c'est vrai, il y a quelquefois de bonnes raisons… Des taties Danielle, il y en a partout, je veux bien l'admettre. Mais de là à nous traiter comme des…

Ah ! ma mob !

Et elle démarre au quart de tour ! Ouf ! Je me sens mieux !

La seule chose que je regrette, c'est de ne pas voir la tête qu'ils font en ce moment, ces deux p'tits saligauds de vendeurs !

Plus tard.

– Salut, Marcel ! J'ai quelque chose pour toi.

Marcel ouvre le paquet.

– Un dictaphone ? Mais pour quoi faire ?

– Pour dicter tes Mémoires.

– Mais, bon sang… j'ai pas envie de dicter mes Mémoires, moi ! C'est quoi encore, cette histoire ?

– Si j'avais été résistante comme toi, pendant la guerre, eh bien j'aurais aimé le raconter à mes petits-enfants. Pour qu'ils sachent que c'est possible de résister… qu'on peut résister à tout. Aux nazis, à l'injustice, aux politiciens, à la maladie, à la bêtise… à tout ! Parce que, les enfants, ils vont peut-être finir par croire ce qu'on dit partout… que tout est foutu, qu'il n'y a plus rien à faire, qu'on doit tout accepter tel quel, courber la tête, être des moutons…

Ah ben, elle a pas perdu la moelle, la Mélie, se dit Marcel.

– Mais j'ai rien à raconter, moi. Et puis, de toute façon… j'en ai pas, des petits-enfants.

– Allez, j'y vais. Ah, dis donc… il y a un problème avec le moteur de la machine à laver. Elle fait « clong clong clong » quand elle essore et, juste avant de s'arrêter, « cli, cli-cloc », trois fois de suite, tu vois… Tu pourras passer, mardi ? Je fais des escargots pour

le déjeuner. T'aimes ça, les escargots ? Bon, je file.
À mardi, Marcel !

Et puis Mélie est allée prendre son cours d'espagnol chez Pépé. Ils font du troc. Une heure d'espagnol contre trois pots de confiture de cerises. Celle qu'il préfère. La semaine prochaine, elle lui amènera des poires au vinaigre, pour changer.

Elle aimerait un jour aller avec Clara en Colombie. Voir un peu où elle est née. Alors, la moindre des choses, c'est d'apprendre à parler la langue, elle se dit.

Elle sait déjà quelques petites phrases simples.

– *¡Hola! ¿Cómo te llamas? Me llamo Mélie. Me gusta mucho Colombia. Adiós y muchas gracias.*

Pépé dit qu'elle se débrouille pas mal.

Ça avance doucement.

Faudrait pas trop tarder, non plus…

14

Gérard au bout du rouleau

– Allô, Mélie ? C'est Gérard. Je voulais savoir si vous aviez parlé de vos analyses à Fanette. Ah, pas encore ? Ça me met dans une situation très… embarrassante, vis-à-vis d'elle, vous savez. Elle va m'en vouloir énormément, quand elle va l'apprendre… Oui, je sais… le secret professionnel, mais elle est médecin, aussi, elle a un avis à donner. Vous comptez lui en parler bientôt ? Prévenez-moi, Mélie. En attendant, j'éviterai de répondre, quand elle appellera… Non non, je vous assure, ça me met trop mal à l'aise… Et sinon, vous vous sentez bien ? Vous n'avez rien de spécial ? Très bien, parfait… Oh, eh bien, ici, ça va. On commence à s'organiser. C'est un peu la folie, les garçons sont en vacances, alors ils n'arrêtent pas de faire des fêtes à la maison. C'est le souk, mais le principal c'est qu'ils s'amusent, hein ? Ah, dites, est-ce que vous avez une idée de l'endroit où je dois m'adresser pour trouver une femme de ménage ? C'était Odile qui s'occupait de tout, alors… je découvre, hein… Oui, nous nous sommes parlé au téléphone, il y a quelques jours. Ça avait l'air d'aller. En tout cas, c'est ce qu'elle dit. Elle a dit aussi qu'elle était avec des amis, dans une maison au bord de la mer... qu'elle s'amusait beaucoup, et... qu'elle a... rencontré quelqu'un. Mélie, je n'y arrive pas ! Je ne supporte pas l'idée qu'un autre homme que moi puisse la toucher. Rien que l'idée qu'elle puisse se déshabiller... qu'elle puisse se mettre nue devant un autre homme... qu'elle ait envie... de se laisser caresser... de s'abandonner, et de jouir... ça me rend complètement fou ! Ça me donne envie de tout casser ! Oui, je vais me calmer ! D'accord, je vais me calmer. Mais pour l'instant, je n'y arrive pas ! Me faites pas chier, OK ? Je suis assez grand pour savoir ce que je dois faire ! Et je me calmerai si je veux !... Oh Mélie je m'excuse Mélie s'il vous plaît excusez-moi je suis tellement désolé je ne voulais pas... vraiment pardon mais je crois que je deviens fou... Si si... je ne me reconnais plus. Je me regarde dans le miroir, et je vois bien que ce n'est plus moi, je vous assure... Oui, je sais, il y a les enfants... je vais me reprendre... oui... pour eux... Je vais essayer, Mélie... mais c'est dur, putain, c'est dur... Ça va mieux maintenant, merci. Oui. Je vais passer vous voir. Bientôt. OK, ce soir. D'accord, Mélie. À ce soir.

Mélie soupire. Il a l'air un peu au bout du rouleau, le pauvre Gérard.

Mais elle a à peine raccroché que le téléphone resonne. C'est Fanette. Elle est un peu tristoune, et

appelait comme ça… pour faire coucou. Oh rien…
juste un petit coup de blues… mais ça va passer. Y a
des jours où c'est plus dur que d'autres, c'est tout…
De toute façon, y en a marre des mecs. Tous des
cons… Des nouvelles de Clara ? Elle doit être à la
plage à cette heure. C'est sympa que Bello lui fasse
des surprises de ce genre. Il est bien comme parrain,
finalement. Mais il aurait été nul comme père…
Ouais, c'est vrai, on ne sait pas… Bon. Il faut qu'elle
retourne bosser. À plus. Bisous.

Pauvre Fanette, l'amour lui manque, se dit Mélie.
Mais… c'est quand on ne le cherche plus qu'il
arrive ! En général…

(14 suite)
À l'eau, Mélie

Un gros orage éclate. Ça lui fait repenser à l'histoire d'Abel, le foudroyé. Et à Mine aussi, sa copine d'enfance. Elles ne se voient pas souvent. C'est dommage. Mais... ce n'est plus comme si elle avait tout son temps. Alors elle téléphone. Vous venez mardi, toi et Raymond ? Il y aura Clara et Marcel, oui... ça fait un bail, c'est vrai... Je suis contente aussi... À mardi.

Elle se demande s'il y aura assez d'escargots pour tout le monde...

Et puis elle met son ciré et sort sous la pluie. Battante.

Toujours la chanson de Nougaro qui lui trotte dans la tête... *La pluie fait des claquet-tes, sur le trot-toir, à mi-nuit...* Elle s'arrête au milieu du jardin, penche la tête en arrière, ferme les yeux. L'eau ruisselle sur son visage, dégouline dans son cou. En quelques secondes, elle est trempée. Les yeux toujours fermés, elle retire son imper, ouvre sa robe, se tend vers le ciel, pour mieux sentir la pluie battre sa peau. La piquer et la caresser à la fois. Ça la réveille. Elle a envie d'être réveillée, de se sentir encore vivante. Elle pense à Fernand. Quand ils venaient tout juste de se rencontrer. À ses caresses. À ses mains douces et calleuses, tendres et brutales. Qui la rendaient si complètement vivante… Elle gémit. L'amour lui manque, à elle aussi.

Elle a la tête qui tourne, à force de rester penchée en arrière. Et d'un coup, elle tombe. Dans la boue. Comme une masse. Elle n'a pas mal, mais elle pleure. Très longtemps. Tout le temps que dure la pluie.

Quand elle n'a plus de larmes et que la pluie a cessé de tomber, elle se relève, et rentre se changer. Elle n'imaginait pas contenir autant… et surtout, avoir autant à pleurer. Mais maintenant, elle se sent propre, légère.

Ah, la vache… ça fait du bien !

D'attaque, à nouveau, pour reprendre le cours de sa vie.

15

Les abeilles boivent aussi

Blaise, Guillaume et Matthieu ont organisé une fête. C'est la troisième en neuf jours. Ils se font plein de nouveaux copains, c'est cool. C'est sûr que chez les autres, les teufs, c'est une fois par an, maxi. Et avec les parents qui surveillent, en prime… Alors chez eux, les fils du toubib, c'est trop d'la balle ! Y a toujours à boire ! D'la vodka-orange, du rhum-coca, de la bière… Et de quoi fumer. Des clopes, de la beuh… Le daron, il s'en fout. Mais on dirait qu'il se fout de tout, en ce moment, papa. C'est zarbi, quand même…

Gérard est rentré chez lui, après ses consultations. Les garçons ont fait la tronche, quand ils l'ont vu arriver. Il y avait un monde fou, jusque dans sa chambre… et la musique était vraiment trop forte. Ça lui a donné la migraine instantanément. Alors, il est ressorti et a passé un long moment dans sa voiture, sans bouger. Il n'arrivait à penser à rien. Il a fini par prendre une aspirine. Et ce n'est que quand la migraine a commencé à se dissiper qu'il s'est rappelé qu'il devait aller chez Mélie.

La nuit était tombée quand il est arrivé.

Elle lui a demandé s'il avait faim. Il s'est rappelé qu'il n'avait pas mangé depuis… Bof, de toute façon, il n'a plus goût à rien. Elle a essayé de lui dire que c'était peut-être une journée spéciale… parce que Fanette aussi l'avait appelée, et qu'elle n'était pas en forme non plus, aujourd'hui, vous savez, Gérard… moi-même…

Mais il n'écoutait pas.

Alors elle n'a pas continué.

Et puis, Fanette est arrivée. Sans prévenir. Après ses consultations, sentant que son blues ne la lâcherait pas, elle s'est décidée à aller prendre l'air.

Voilà. Elle a fait les trois heures de route d'une traite, et elle est contente d'être là !

Mélie est émue. Elle la serre dans ses bras.

— Qu'est-ce que t'as fait à tes cheveux, toi ? Ils sont tout doux, tout brillants…

— Shampooing de boue et rinçage à l'eau de pluie, dit Mélie.

— Ah ? Étonnant. J'essayerai.

Gérard s'anime. Boit un peu de vin. Fanette aussi. Mélie leur sert à manger. Ils ont une faim de loup ! Fanette fait remarquer à Gérard qu'il ne semble plus avoir de problème d'estomac. Il répond qu'il ne voit pas de quoi elle veut parler. Alors elle lui dit : C'est vrai que t'es un peu hypocondriaque, finalement… Et

lui, il répond : Ah, tu trouves ?… Ben oui, un peu…
Ah bon…

Ils se sont installés sur des chaises longues, après le
dîner. Et ils ont discuté pendant des heures, en regardant les étoiles, et en buvant des coups.

– Et tu savais, toi, qu'il y avait des abeilles
alcoolos ? Elles se saoulent en mangeant des fruits
trop mûrs… fermentés, quoi… et, quand elles rentrent à la ruche, en zigzaguant, elles se font jeter par
les autres. J'ai lu ça, j'sais plus où…

– Bzzzalut, je m'appelle Maya. Mes zamies ne veulent plus me voir, depuis que je siphonne. J'ai plus de
taf, plus de ruche, plus rien. J'en ai vraiment plein le
dard ! Docteur… je vous en supplie, piquez-moi !

Mélie, navrée, est allée leur chercher des couvertures, avant d'aller se coucher.

Elle les a retrouvés, au petit matin, endormis
comme des enfants.

16

Gé-nial !

À peine descendue de voiture, Clara se précipite.

– C'était gé-nial ! Au début, quand on les a vus, ils étaient loin, tu vois, et puis à un moment, ils se sont approchés, et là, ils ont commencé à nager, tout près, tout près, et puis ils se sont mis à jouer, comme ça, autour du bateau, on aurait vraiment dit qu'ils rigolaient, et ils faisaient de ces sauts ! Ah, je te jure, c'était trop génial !

Clara est surexcitée. Bello et elle sont encore tout éblouis par la journée qu'ils ont passée en bateau.

Bello dit qu'il ne veut pas trop tarder, parce qu'il doit ramener la voiture à son père, sinon il va encore péter les plombs, le vieux !

– On a un concert demain soir, vous voulez venir ? Ah, mais merde, je ne me rappelle plus le nom du bled… C'est à trois ou quatre cents bornes d'ici, je crois bien… OK. La prochaine fois, alors. Salut les filles !

Clara entre en courant dans la maison, et tombe nez à nez avec Fanette.

– Waouw ! Maman ! T'es là ? Eh ben, tu sais quoi ? Avec Bello, on a vu des dauphins !

Plus tard, elles sont parties toutes les deux, à vélo. Clara lui a montré par où elle passait pour aller acheter le pain. Elles ont trempé leurs pieds dans l'étang, ont fait coucou aux scouts qui campent dans le champ du père Thomas en passant, et se sont arrêtées pour faire pipi dans les buissons.

Au retour, Fanette était un peu fatiguée. Elle n'a pas l'habitude de faire de grandes distances à vélo. Elle a pris une dose d'arnica et s'est allongée sur la chaise longue, sous le tilleul. Clara s'est pelotonnée contre elle. Comme un petit chat. Et elles ont ronronné ensemble jusqu'à l'heure du déjeuner.

L'après-midi, Clara a voulu montrer à Fanette comment pêcher les poissons à la main. Elles sont restées longtemps à surveiller l'eau et, juste au moment où Clara allait en attraper un, Fanette a éternué ! Du coup, son pied a glissé, pour se rattraper elle s'est appuyée sur Clara qui était devant elle, et elles ont fini toutes les deux dans l'eau. Elles ont drôlement bien rigolé.

À la fin de la journée, Fanette est repartie, gonflée à bloc. Elle a décidé de ne pas prendre de vacances du tout, cette année, pour pouvoir mettre du fric de côté. Elle a un projet. Mais elle n'en parle pas encore. Elle veut faire la surprise. Elle veut emmener Clara et Mélie en voyage. Voir un peu comment c'est, là-bas. En Colombie.

17

Peur de rien

Mélie entend un petit grattement, derrière sa porte.

– On dirait bien qu'il y a une petite souris, par ici…

La porte s'ouvre, et Clara passe la tête timidement.

– J'arrive pas à dormir. Je peux venir avec toi ?

Mélie l'invite près d'elle.

– Tu veux que je te lise quelque chose ?

– Non. C'est pas la peine.

– Alors, j'éteins ?

– Oui.

Dans le noir, Clara chuchote…

– Toi aussi t'as peur, des fois ?

Mélie la prend dans ses bras.

– Oui… ça m'arrive…

– Ah ?…

Elle la serre contre elle, la berce.

– Ben oui. Même vieux, ça arrive encore d'avoir peur. Mais tu vois, Clara… quand on est là, toutes les deux, et qu'on se tient très fort… eh ben, moi, je n'ai plus peur de rien !

– Ah !

Mélie sent dans le noir que Clara sourit.

– On dort maintenant ?

– OK.

Elles restent serrées l'une contre l'autre.

Clara réfléchit encore. Mélie essaye de respirer lentement et régulièrement, pour aider à faire venir le sommeil. Ça marchait bien avec Fanette, quand elle était petite…

Un long moment se passe.

Les corps plus détendus.

Et Clara chuchote enfin, si bas que c'en est à peine audible…

– … tu ne vas pas mourir bientôt, hein, Mélie ?…

Mélie entend parfaitement.

Son cœur se serre. Mais elle décide de ne pas bouger.

De faire semblant de dormir.

Pour ne pas avoir à mentir. Peut-être.

18

Le déjeuner des souvenirs

Mardi. Le déjeuner.

Il y a assez d'escargots pour tout le monde. Mélie les a préparés en chaussons, avec de la pâte feuilletée. Ils trouvent ça délicieux. Même Clara, qui avait pourtant prévenu qu'elle n'y toucherait pas. Des escargots, jamais ! Trop dégueu !

Mais maintenant, elle aime.

Ils sont tous contents de se retrouver. Ils sourient. Sauf Marcel. Il fait la gueule. Ça lui arrive souvent. Mais là, c'est à cause de Mélie. Elle ne l'a même pas prévenu que Raymond et Mine venaient ! Il lui en veut à mort ! Parce que, s'il l'avait su, jamais il ne serait venu en chaise roulante aujourd'hui. Il est mortifié... Cette chaise, c'est juste pour embêter le monde, qu'il la prend, quand il vient ici. Pour embêter Mélie, surtout ! Une façon comme une autre de lui faire payer ses pannes ridicules ! Elle a tellement de mal à le pousser dans sa chaise, il est lourd, c'est encombrant... ça lui fait les pieds ! Mais là, avec Raymond et Mine qu'il n'a pas vus depuis si longtemps, qui l'entourent de tant de sollicitude, à cause de cette chaise… Il ne sait plus comment faire pour s'en sortir. Ça le rend bougon. Et c'est encore pire quand il croise le regard de Clara et de Mine qui se marrent en douce.

Mais j'y pense d'un coup, il a le même âge que moi, Raymond… Bien conservé, l'gars. Doit sûrement faire de la gymnastique tous les jours, pour rester aussi souple… Mais il n'est pas dans une chaise roulante, lui ! Et puis, l'amour, ça conserve. Ça se voit qu'ils sont toujours amoureux, ces deux-là. Ils n'ont pas besoin de se tenir la main, ou de s'embrasser devant tout le monde à tout bout de champ pour qu'on sente qu'ils s'aiment, eux.

Il est un peu jaloux, Marcel, dans le fond. Et il se dit, pour la énième fois, qu'il regrette encore de ne pas avoir eu les couilles de dévoiler son amour à l'élue de son cœur. C'est vraiment trop con !

Alors, il boit un coup.

Au dessert, il en est à son cinquième verre de vin. Et il ne fait plus la gueule.

– Dis, Ray… on avait quoi, quatorze ou quinze ans, quand on planquait dans la cabane, là-haut, sur la colline ? Tu t'en rappelles ?

– Si j'm'en rappelle ? Ben, évidemment que j'm'en rappelle !

– Et l'petit pont, là-bas en bas, à la rivière ? Tu te rappelles du jour où on l'a fait sauter à la dynamite ?

– Ah ben ! Si j'm'en rappelle… évidemment, que j'm'en rappelle ! Ça peut pas s'oublier des choses pareilles.

– Allez viens, Raymond ! On va aller lui dire bonjour, au p'tit pont. On va aller lui pisser sur les pieds, ça lui rappellera des souvenirs, à lui aussi ! Y a pas d'raison !

Marcel se lève d'un bond, entraîne Raymond vers le chemin qui mène à la rivière. Il est un peu saoul. Et Raymond aussi.

Il n'y a que Mine qui s'étonne de le voir se lever de sa chaise roulante. Elle se tourne vers Mélie, le sourcil levé et l'air de dire : Aurions-nous assisté à une espèce de miracle, ici ?

– Non, non. C'est juste Marcel. C'est tout.

– C'est bien ce que je me disais. Il a toujours été spécial, ce gars-là.

Au tour des filles de se rappeler le passé, maintenant.

Mine et Mélie racontent à Clara.

– On était tout le temps perchées dans les arbres. Qu'il pleuve ou qu'il vente. En été, dans les cerisiers. En automne, dans les noisetiers ! Ah, ça ! les pauvres oiseaux et les pauvres écureuils, on leur laissait rien. On cueillait tout !

– On avait une super technique pour grimper. On allait très très vite, comme des petits singes, en faisant le moins possible bouger les branches, et puis, on s'arrêtait pile… comme ça, une patte en l'air… tu vois ?… Et avant de pouvoir rebouger, on devait attendre le prochain coup de vent… pour que le bruissement des feuilles couvre nos déplacements.

– On se disait qu'on était des Indiennes. Des éclaireuses sioux. On devait surveiller notre territoire sans se faire repérer par l'ennemi.

– Il y a des fois où on attendait tellement longtemps la patte en l'air qu'on finissait par avoir des crampes. Mais on se forçait à tenir ! Parce que les vrais Sioux, ils étaient coriaces à la douleur.

– On en a vu de ces choses, de là-haut ! Moi, je suis sûre qu'on a plus appris, perchées dans nos arbres, qu'à l'école. Et le plus marrant, c'est que personne ne nous a jamais repérées.

– Faut dire qu'il n'y avait pas beaucoup de monde pour regarder vers les cimes des arbres, en ce temps-là. C'est des trucs de rêveurs, de poètes, ça. Et y en avait pas beaucoup de poètes, par chez nous, hein, Mélie ?

– Ça, c'est sûr. Y en avait pas beaucoup…

– Et… tu te rappelles comment on cassait les noisettes avec les dents ? Et les histoires, tu te rappelles des histoires qu'on se racontait ? Et quand on se mettait à rigoler, à en dégringoler de nos branches… on était écorchées de partout, mais ça ne nous empêchait pas de nous bidonner. Comme des baleines !

– Oh, ces crises de rire ! Qu'est-ce que c'était bon…

– Ah oui, dis donc, c'était bon.

– Bon ben… ça te dit, un café ?

– D'accord.

Elles rentrent dans la maison.

Clara décide d'aller voir ce que font les hommes. Elle descend le chemin, et s'arrête avant le petit pont. Elle regarde autour d'elle un moment, choisit un arbre, et commence à grimper. À mi-chemin, elle s'arrête, une patte en l'air… écoute… essaye de repérer les voix de Raymond et Marcel, au milieu du brouhaha des oiseaux, des insectes, des tracteurs qui travaillent au loin… reprend son ascension… s'arrête encore… fouille du regard le mur de feuillage… aperçoit un bout de chemise… ah, ils sont là… attend un coup de vent pour masquer le bruit de ses déplacements… poursuit son ascension…

Arrivée en haut, elle trouve une fourche confortable, s'y installe.

De là, elle voit tout. Et personne ne la voit.

Elle est vraiment indienne, maintenant.

En bas, Raymond et Marcel sont au milieu de la rivière, jambes de pantalon retroussées, à quelques mètres l'un de l'autre. Tous les deux dans la même position. Penchés en avant, ils surveillent le fond de l'eau, immobiles et silencieux. Au bout d'un moment, Clara voit que Marcel commence à tanguer. Le pauvre, il a dû poser le pied sur quelque chose de glissant… Elle ne peut pas s'empêcher de sourire. Et maintenant, il écarte un peu les bras, pour faire balancier… il essaye de garder l'équilibre… mais il tangue de plus en plus… il cherche désespérément quelque chose autour de lui à quoi se raccrocher, mais il n'y a rien… et il finit par s'exploser dans l'eau ! Raymond se rapproche, veut l'aider à se relever, et… dérape à son tour ! Clara en a les larmes aux yeux. Après quelques secondes de surprise, les deux vieillards, le cul dans l'eau, se mettent à rire… à rire… Des vrais gamins !

Et Clara, sur sa branche se bidonne… comme une baleine.

(18 suite)

Se requinquer

– Un sucre ?

– Non. J'en prends plus. On sent mieux le goût quand on n'en met pas.

– Tu as raison, je vais pas en mettre non plus.

Avec le café, Mine et Mélie se sont servi un petit verre d'eau-de-vie de prune. Pour se requinquer. À la première gorgée, elles ont eu le souffle un peu coupé. Mais c'est normal, c'est très fort. Maintenant, ça glisse tout seul.

Elles ont le rose aux joues, et l'œil brillant.

Mélie reprend le fil.

– Tu te rappelles, quand on sautait des repas, pour s'habituer à ne pas manger tous les jours ? Et quand on sortait sans manteau sous la neige, pour s'endurcir au froid ?

– Et qu'on s'empêchait de pleurer quand on avait mal ? Pour apprendre à supporter la douleur, si un jour on devait être torturées par la Gestapo ?

– Et nos entraînements, pour arriver à ne plus avoir peur dans le noir ? Pour moi, c'était le plus

91

difficile. D'arriver à traverser le grand jardin, toucher le muret et revenir, tout ça sans courir, et à la tombée de la nuit en plus... Ah, la vache, qu'est-ce que c'était dur ! Il y avait toujours quelque chose qui n'allait pas. Ou je courais, même quelques mètres... ou je tendais la main pour toucher le muret, mais je ne le touchais pas... Ça me paralysait. Cette peur qui me prenait, là... dans le ventre ! Et puis, c'est quand même incroyable, on s'attendait à l'entrée du jardin, mais, à l'arrivée, on ne se questionnait jamais. Tu te souviens ? Eh bien, moi, j'ai toujours imaginé que tu réussissais à chaque fois... que c'était facile pour toi. Et j'étais persuadée que c'était par pure charité que tu faisais semblant de me croire, quand je revenais en souriant, l'air de celle qui avait réussi... eh, fastoche, les doigts dans le nez !... Mais Mine, maintenant, tu peux bien me le dire, hein ? Tu y arrivais, à traverser le jardin, à toucher le muret, et à revenir sans courir ?

Mine sourit mystérieusement. Elle va pour répondre, quand...

– Méliiiiie ! Miiiiine ! Venez voir ! Vite !

Elles sortent dans le jardin et voient Clara qui arrive, suivie de deux vieux hiboux déplumés, dégoulinants, et hilares...

– Si vous les aviez vus, quand ils sont tombés dans la rivière, tous les deux ! C'était vraiment trop marrant, j'vous jure !

Il fait chaud, mais tout de même... Ces deux vieux croûtons seraient bien capables d'attraper du mal, trempés comme ils sont. Mine entraîne Raymond dans la maison et l'aide à se déshabiller, pendant que Mélie s'occupe de Marcel. Chacun dans une chambre. Avec l'âge, ils ont retrouvé des pudeurs d'adolescents. Raymond en profite pour caresser les fesses de sa femme. Et ses seins aussi. C'est l'heure de la sieste. Chez eux, ils se seraient allongés, et il lui aurait prouvé, si c'était encore nécessaire, qu'il était toujours aussi amoureux d'elle. Mais Mine le repousse en riant, et sort étendre ses affaires au soleil. Alors, il se résigne, s'allonge seul, et s'endort presque aussitôt.

Mélie a plus de mal avec Marcel. Ils n'ont pas l'habitude, ni la même intimité. Il est un peu raide, n'aide pas beaucoup. Quand elle en arrive au marcel de Marcel… il se raidit encore un peu plus. Elle force.

— Ah, mais c'est quoi, ce tatouage ? Je ne savais pas que tu en avais un…

Elle voit le cœur tatoué, mais n'arrive pas à déchiffrer ce qui est écrit. Elle se penche pour mieux voir. Sans ses loupes, ça reste flou.

Et Marcel bougonne.

— Laisse donc… des conneries de jeunesse, tout ça.

Il se couvre avec le drap, et ferme les yeux.

— Au contraire. C'est très romantique…

Mais Marcel s'endort déjà.

(Suite de la suite du 18)
Entraînements

Clara s'étonne.

– Mine dit qu'il n'y avait pas la télé, et pas de PlayStation non plus, quand vous étiez petites. Comment vous faisiez, alors ?

– Mais on ne s'ennuyait jamais. On était bien trop occupées avec nos entraînements…

Mine et Mélie gloussent.

– Quels entraînements ?

– Attends. On va t'expliquer. Mais il faut raconter dans l'ordre.

Elles ont résumé un peu.

Donc… Petites, elles avaient été séparées très tôt de leurs parents. Dès le début de la guerre, ils les avaient envoyées chez des cousins communs, dans une ferme en Suisse, pour les mettre à l'abri. Là-bas, pas de rationnements, ni de bombardements, même pas de soldats allemands. Et puis, quand tout a été fini, elles sont rentrées. Elles avaient huit, neuf ans à ce moment-là.

– Alors tu vois, personne ne voulait parler de la guerre. Ils voulaient oublier. Mais d'une façon ou d'une autre, ça revenait toujours sur le tapis. Surtout au moment des repas. Si on ne finissait pas ce qu'on avait dans notre assiette, on avait droit à : « Nous, on n'avait rien à manger, pendant la guerre… » Si on n'aimait pas le chou-fleur : « On aurait été bien contents d'en avoir, nous autres… »

– Mais on était encore petites. Ils nous ennuyaient avec leurs histoires. Alors on haussait les épaules ou on levait les yeux au ciel. Pire, quand on croyait qu'ils ne nous voyaient pas, on tirait la langue, comme ça… Et paf ! On se prenait une calotte ! Pour apprendre le respect. Parce que ça, on en manquait, du respect ! Forcément, on s'était un peu élevées toutes seules, pendant toutes ces années. On était des sauvageonnes…

– Mme Rapin, tu te rappelles d'elle, Mélie ? Méchante comme une teigne et qui sentait la pisse de chat ? Elle disait tout le temps : « Si vous ne vous corrigez pas, vous verrez, quand vous serez grandes ! Vous ne trouverez jamais un homme qui voudra vous marier ! »

– Tu parles comme on s'en fichait ! On trouvait ça mieux de rester vieilles filles !

– Les hommes, ils étaient durs, en ce temps-là. Jamais de tendresse. En tout cas, pas chez moi… Mon père, je me rappelle deux choses de lui : les calottes qu'il me donnait et quand il disait : « J'aurais mieux fait de me casser une jambe, le jour où j'l'ai mise en route, celle-là ! »

– Pareil chez moi…

Mine et Mélie restent songeuses un moment, en sirotant leur pousse-café. Avant de réattaquer…

– En tout cas, pour en revenir à la guerre… c'est à force d'en entendre parler qu'on a commencé à imaginer de se préparer à la prochaine. Comme ça, le jour où elle recommencerait, nous, on serait prêtes !

– Et on a décidé de commencer par la faim !

– Oui ! C'est ça. On s'est dit qu'en sautant des repas, on s'habituerait à ne pas manger tous les jours. Que c'était une question d'entraînement. Il fallait faire rétrécir notre estomac…

– Alors, une fois par semaine, on ne mangeait pas. On choisissait le jour où il y avait des topinambours, des betteraves ou des cardons, à dîner, pour ne pas avoir de regrets. Et on attendait le moment. Pendant qu'une de nous deux faisait diversion, l'autre renversait discrètement l'assiette sous la table. Mais les chiens n'étaient pas discrets du tout, eux ! Ils faisaient un de ces raffuts, en mâchant et en se léchant les babines ! C'était pas tous les jours qu'ils se régalaient comme ça, c'est sûr ! Alors pour couvrir le bruit, on se mettait à tousser, toutes les deux en même temps, comme si on avait avalé quelque chose de travers. On toussait tellement fort qu'on devenait toutes rouges, et on se donnait de grandes tapes dans le dos. Les parents n'y voyaient que du feu. Le problème, c'était de devoir répéter la manœuvre deux fois de suite au même repas…

– Mais, tu parles ! On ne restait pas longtemps le ventre vide ! Quand on sortait de table, on courait ratiboiser le noisetier ! On aimait ça, les noisettes !

– Et puis, on s'était mis dans l'idée d'apprendre à reconnaître les plantes. On regardait les gravures dans le dictionnaire, ou dans nos livres de sciences naturelles. Les champignons, par exemple. C'était facile à reconnaître, les girolles, les rosés, les trompettes de la mort… Mais pour les autres ? On se disait : « Tu vois pas qu'on se gourre et qu'on tombe sur un champignon vénéneux ? Si c'est la guerre, il n'y aura peut-être plus de docteur, dans le coin. Il sera peut-être parti ou fait prisonnier. Ou même, si ça se trouve, il sera passé à l'ennemi ! »

– On aimait bien se raconter des histoires. Et inventer… D'ailleurs c'est le métier qu'on voulait faire. Inventeuses.

– Et découvreuses, aussi. Pour faire avancer la science… Un jour, on a décidé de découvrir à quoi pourraient servir les baies de sureau. Tu sais, les petites boules noires ?… On en a pressé et on a mis le jus en bouteille. On a beaucoup réfléchi. Et d'un coup, on a eu l'idée ! Ça allait guérir les piqûres d'orties ! Une très grande et très utile découverte ! Il fallait faire des tests. Les chercheurs avaient des cobayes ? Nous, on avait Jeannine, la petite-fille des voisins. De quatre ans notre cadette. On avait la supériorité de l'âge, et on en profitait. Pour ce test-là, on a organisé un petit jeu de chat perché. Et le moment voulu, vlan ! on l'a poussée pour qu'elle tombe bien comme il faut dans les grandes orties… celles avec les chapelets de graines, tu vois lesquelles, Clara ? Les plus féroces !

– Elle s'est mise à crier, on aurait dit un cochon qu'on égorgeait ! On a eu peur ! Alors on a vite sorti la petite bouteille, et on lui a dit : « T'inquiète pas ! Dans deux secondes, tu sentiras plus rien ! C'est "le" remède miracle contre les piqûres d'orties ! » On lui en a mis partout sur ses cloques, très vite… Et là… il s'est passé un truc incroyable. Elle a guéri !

– Ah oui, véridique ! Plus de cloques, plus de douleur, plus rien !

– La tête qu'on a faite… D'un coup, on s'est prises pour des Marie Curie…

– Il fallait qu'on en ait le cœur net. Alors on a tendu nos bras vers les orties, en se retenant de crier… et vite fait, on a étalé le jus de sureau sur les piqûres… Et là… eh ben… tu le croiras si tu veux, mais… rien ! Ça ne nous a rien fait du tout ! On a été drôlement déçues…

– Ah ça oui. Très très déçues…

Mine et Mélie soupirent ensemble.

– Je ne sais pas pour toi, Mélie, mais j'ai vraiment l'impression que c'était hier, tout ça…

– Oui, moi aussi…

Elles soupirent encore une fois.

– Eh ben ! Mais il est presque cinq heures ! Pépé va pas tarder à arriver. Clara, va vite réveiller Marcel, mon p'tit lapin !

– OK.

Clara monte l'escalier, frappe doucement à la porte de la chambre. Elle entend des voix. Elle entre doucement. Marcel et Raymond sont assis sur le bord du lit, chacun enroulé dans un drap. Ils discutent.

– … non mais, ce que je ne comprends pas, c'est pour graver. Comment on fait, à partir d'un enregistrement numérique, alors ?

– Ah ben, c'est encore plus simple. T'as juste à connecter l'appareil à la prise USB de l'ordinateur, et puis tu cliques sur l'icône… Ah, Clara ! On ne t'avait pas entendue entrer !

– Je venais voir si Marcel était réveillé. Pépé ne va pas tarder à arriver…

– Non, ça va. Je viens de l'appeler. Je lui ai dit de ne pas se déranger. Raymond et Mine me déposeront en passant, tout à l'heure. Ça nous laisse un peu plus de temps pour discuter. On descend de suite, ma poulette. Dis donc, j'ai un p'tit creux, moi… Pas toi, Raymond ? J'me taperais bien la cloche, là, maintenant, comme je suis fait !

La nuit était déjà tombée quand ils sont partis. Mélie, épuisée par tous ses souvenirs, s'est endormie dehors, sur une chaise longue. Et Clara en a profité pour se vautrer devant un truc bien nul à la télé. Avec un paquet de chips.

Ça faisait longtemps.

Pour la télé… et pour les chips, aussi.

C'est vraiment bon des fois, les trucs nuls, elle s'est dit.

19

Courrier

La factrice a apporté une grande enveloppe pour Clara. C'est Fanette qui a fait suivre son courrier. Il y a plusieurs cartes postales et une lettre.

Chère Clara.
Ici, il fait très beau. Je m'amuse bien. Je me suis fait plein de nouveaux copains. Je te raconterai tout quand on se verra. J'espère que tu t'amuses bien. Et que tu t'es fait plein de nouveaux copains aussi. Tu me raconteras.
Je t'embrasse très fort.

Audrey.

Salut Clara !
Comme tu peux voir sur la photo, ici c'est le paradis ! J'ai fait des super progrès en espagnol. ¡Te quiero mucho! ¡Me gusta bailar la salsa! Bon, je te laisse. Il faut absolument que j'aille piquer une tête dans la piscine. C'est urgent !
Bises.

Arthur.

Coucou Clara !

J'adoooooooore les vacances ! ! ! ! ! ! ! Si ça pouvait durer toute l'année, ce serait géééééééniallllllllll ! ! ! ! ! ! !

Plein de bisous ! ! !

Thalia.

Ma chère Clara,

On dirait que ça fait des mois depuis que les vacances ont commencé. Mais je regarde le calendrier, et ça ne fait que deux semaines ! Je ne sais pas si je vais pouvoir tenir, sans te voir, jusqu'à la rentrée. Je pense beaucoup à toi, tous les jours. Et la nuit aussi. J'ai bien réfléchi et je voudrais te dire plusieurs choses. Alors, primo : quand on s'est embrassés, c'est vrai que c'était pas vraiment super. J'avais trop l'impression que j'allais tomber dans le coma. Tu es la première fille que j'embrasse. Alors, évidemment, c'est pas encore très pro. Mais je te promets que la prochaine fois, ce sera mieux. J'essayerai de ne pas trembler, et de ne pas avoir les mains moites. (Je sais que tu n'aimes pas ça. Je t'ai entendue en parler avec Audrey, l'autre jour.) Enfin, j'espère que tu ne m'en veux pas. Deuzio : si jamais tu ne voulais plus sortir avec moi, je trouve que ça serait bien qu'on reste copains quand même. (C'est vrai que je préférerais vraiment qu'on reste ensemble. Mais, c'est juste mon avis. C'est toi qui décides.)

Et puis, troisio : je vais te raconter ce que je fais ici.

Je suis à la campagne, chez mes grands-parents. Les parents de mon père. Il devait venir aussi, mais au dernier moment il n'a pas pu. Je ne sais plus pourquoi. De toute façon, c'est chaque fois pareil. Il dit qu'il vient, et il vient jamais. Mes grands-parents pensent qu'il travaille trop, qu'il a trop de responsabilités, que c'est pas facile pour lui, le pauvre. Ils ne voient pas ses défauts, mais c'est normal, c'est leur fils. Je les aime bien, quand même. Ils commencent à être très vieux. Ils ont des habitudes. Tous les jours, ils mangent à la même heure, et puis ils regardent la télé. Ils aiment bien regarder Des chiffres et des lettres, Questions pour un champion *et des vieilles séries, genre* Derrick. *Moi, je m'en fous, j'ai amené mon ordi et ma Play. Et puis j'écoute de la musique et je lis, aussi.*

J'ai fini le livre que Mme Morin nous a donné à lire, cette année : Si c'est un homme *de Primo Levi. J'ai beaucoup pleuré. Tu l'as lu ? Sinon, je te le passerai. En musique, j'écoute des vieux disques de mon père. Des microsillons. Il y a deux tailles. Les petits, c'est des 45 tours, un peu comme des CD deux titres. Et les grands, c'est des 33 tours. Il y a plein de vieux trucs des années 80 et quelques. Et il y a de la musique classique, aussi. C'est toute une technique, pour les écouter. Il faut sortir le disque de la pochette sans mettre les doigts dessus, passer un chiffon spécial pour enlever la poussière, poser tout doucement le disque sur la platine, soulever le bras, là où il y a l'aiguille, l'approcher et se baisser en même temps, pour être sûr de ne va pas cogner le bord, et puis là, on pose et on lâche la tête avec le diamant (mais je crois que c'est pas un vrai en fait), il glisse tout seul jusqu'au premier sillon, et on entend grésiller et puis ça commence.*

J'aimerais bien te montrer. Ça serait bien, si tu étais là. Écris-moi.

Antoine.

20
Clara crée

Cher Antoine,
J'ai bien reçu ta lettre. Moi aussi, j'ai beaucoup réfléchi et, si tu veux, on pourrait continuer à sortir ensemble. Je sais qu'Audrey t'a raconté que j'étais avec Arthur, avant toi, mais je peux te dire : c'est pas vrai ! Elle essaye trop d'embrouiller (je crois que c'est parce qu'elle est un peu jalouse). Et puis quand on s'est embrassés, moi aussi c'était la première fois. Alors je ne suis pas pro non plus. Voilà, c'est tout. J'ai parlé de toi à ma grand-mère. Elle dit que si tu veux venir passer quelques jours ici, elle pourrait téléphoner à tes grands-parents, et que, s'ils étaient d'accord, on pourrait venir te chercher, genre la semaine prochaine. Tu veux ?
Téléphone vite.

Clara.

Il a téléphoné. Ses grands-parents sont d'accord pour la semaine prochaine. Elles vont aller le chercher en voiture, et dormiront là-bas, pour que Mélie n'ait pas trop de kilomètres à faire dans la même journée. En attendant, elles lui préparent une chambre. Clara tient à faire la déco, elle-même. Elle veut repeindre les meubles. Une chaise, une petite armoire et une table de chevet. Mais elle hésite sur la couleur. Un truc gai, mais pas trop flashy non plus… tu vois, Mélie… et puis en même temps, il faut pas que ça fasse trop nickel… C'est ringard quand c'est nickel.

C'est compliqué, quoi…

Et puis, en feuilletant un livre elle est tombée sur une reproduction d'une toile de Van Gogh, et ça lui a plu. Mélie a ressorti des vieux pigments, de l'huile de lin et du blanc de Meudon, et lui a montré comment fabriquer sa propre peinture. Clara a travaillé pendant deux jours complets. Elle a peint l'armoire avec un très joli jaune vif, très gai, très pétant… et la table de chevet et la chaise, avec un bleu très très vif, et très très gai aussi. Pour que ça ne fasse pas trop nickel – mais il y avait peu de chance, a priori – elle a fini en grattant la peinture avec une grosse brosse métallique. Mélie a trouvé que l'effet de vieillissement était vraiment très réussi. Et elle s'y connaît, en patine. C'est sa spécialité ! Pour finir, elle a mis dans un grand vase quelques tournesols, qu'elle est allée piquer dans le champ du père Thomas. Elle est contente du résultat. Ça fait beau. Antoine va sûrement aimer.

Elle s'assied par terre, prend du recul pour regarder son travail. Elle est vraiment belle en bleu…

Ce serait marrant, si elle pouvait dire des trucs, cette chaise…

– Pourquoi je pourrais pas ?… Demande, pour voir…

– Ah ?… Alors, chaise… comment tu trouves ta couleur ?

Eh ben là, tu vois, je dirais que j'aime. En plus, ça tombe bien. J'ai toujours pensé que le bleu, c'était la couleur de l'espoir. Alors, c'est peut-être une nouvelle vie qui commence. Pour moi, l'orpheline. Dernière d'une famille de six. On vient par six ou par douze, tu vois. Rarement d'impairs. Sinon, on change de catégorie. Pièces uniques, œuvres d'art, trônes. L'aristocratie, quoi. Pas un truc pour moi. Mais pièce unique… ça m'aurait bien plu. Orpheline, tu dirais que c'est presque pareil, hein ? Eh ben non ! On ne dit pas « trois pièces uniques », pour des chaises. On dit : « trois chaises dépareillées » ! Nuance. Mais je m'en fous. Parce que, bien réfléchi, j'aime mieux être là où je suis. Ici, personne n'a peur de se balancer sur moi, de s'appuyer à mon dossier, de laisser les chats se faire les griffes sur mes pieds, de me monter dessus en gardant ses chaussures. Ou même… de me peindre en bleu pétard ! Et on n'a pas peur non plus de me sortir quand il y a du monde, ou de me mettre la tête en bas sur la table quand on passe la serpillière, ou de me poser des gros annuaires dessus, pour rehausser les petits… Non, c'est marrant ici. Je ne regrette pas. Et puis, pièce unique, on risque de finir dans un musée, ou derrière une vitrine, avec des gens qui n'osent pas vous toucher, pour pas vous abîmer, ou vous casser. C'est pas pour moi, ça. Je m'ennuierais. Je suis du genre rustique. J'aime le contact. Sentir le poids des corps. Même les très très lourds ! Et puis, par-dessus tout – mais ça, tu le gardes pour toi, hein ? – j'aime bien entendre, à la fin d'une longue journée de travail, le soupir d'aise que poussent les hommes quand ils posent leurs gros culs sur moi. Ça me fait trop craquer ! C'est mon kiff, mon plaisir, ma joie.

Ma sœur – la dernière qui me restait – a fini brûlée. Dans un feu de la Saint-Jean. Elle était vraiment trop défoncée.

Je sais bien que c'est normal, pour une vieille chaise en bois, de finir au feu. Mais c'est assez flippant, quand même.

Il paraît qu'on ne souffre pas. Enfin, c'est ce qu'on dit…

Mais ça me fait flipper, quand même.

En tout cas, pour en revenir à la couleur que tu as choisie pour moi, Clara… je la trouve top !

Non. Vraiment, quoi.

Sérieux.

21

Fanette et Gérard :
deuxième mi-temps

– Allô, Clara ? C'est maman. Ça va bien, mon p'tit lapin ?… Tu ne t'ennuies pas, c'est sûr ?… Ah bon ? Tu as invité Antoine ? C'est une très bonne idée. Je le connais ?… Ah mais oui, évidemment. Son père travaille pas loin d'ici, et il est venu au cabinet, l'année dernière… C'est ça, il avait attrapé un sale truc… merde, je ne me rappelle plus… Ah oui, c'est lui, la maladie de Lyme ! Tu sais, je t'en ai parlé, c'est une vraie saloperie ! Ça s'attrape par les tiques. Au fait, tu fais comme je t'ai dit, hein ? Tu regardes bien partout, tous les jours, quand tu prends ta douche ?… OK. Parce que c'est la saison, en ce moment, Clara… Bon. Et Mélie, ça va ? Ah, dis donc… quand vous irez chercher Antoine, tu feras bien attention à ce que Mélie ne s'endorme pas en conduisant. Dès que tu sentiras qu'elle fatigue, tu lui demanderas de s'arrêter… Ah ? C'est seulement à deux heures de route ? Bon. Je ne m'inquiète pas, alors… Oh ben, moi, ça va. Rien de spécial. Non, je ne vois plus Henri. C'était un vrai… un pauvre type, quoi. De toute façon, je m'en fous. Je suis très bien toute seule. Ah ouais, c'était très sympa de revoir Gérard. On a passé une super soirée… Non, tu rigoles ! C'est de l'histoire ancienne. On est amis, maintenant… Clara, il faut que je te laisse, on m'appelle sur l'autre ligne. Je te fais plein de bisous, mon petit poussin.

– Allô, Fanette ? C'est Gérard. Je te dérange ?

– Non, pas du tout.

– Je me disais que… je prendrais bien quelques jours de congés. Je crois vraiment que j'en ai besoin, et…

– C'est une très bonne idée, Gérard.

– Alors, je me demandais si… on pourrait peut-être se voir ? Enfin, si tu as le temps, ou si tu en as envie, évidemment…

– Ah oui, pourquoi pas. Quand est-ce que…

– Je pensais partir aujourd'hui. Alors, ce soir ? Ça t'irait, ce soir ?

– D'accord. À ce soir.

Ils sont allés dîner dans un petit restau pas très bon, mais dans lequel ils allaient quand ils étaient étudiants, puis sont rentrés chez Fanette à pied, en faisant pas mal de détours, histoire de gagner du temps. Ils ont bu encore quelques verres, en se disant des tas de banalités, et ce n'est que bien plus tard dans la nuit qu'ils ont fini par se jeter l'un sur l'autre, avec beaucoup d'anxiété. Leurs corps ne se sont pas reconnus tout de suite. En dix-sept ans, ils avaient pas mal changé. Ça les a surpris. Il y a eu comme un moment de flottement. Mais ça n'a pas duré. En tout cas, c'est épuisés et ravis qu'ils se sont endormis à l'aube, dans les bras l'un de l'autre. Ce qui, en fin de compte, était ce qu'ils avaient vraiment envie de faire, depuis le début de la soirée…

Fanette s'est réveillée très en retard. Elle s'est levée d'un bond, a branché la cafetière, s'est jetée sous la douche, a sauté dans ses fringues, tout ça en deux minutes, trente-cinq secondes, quatre centièmes. Et maintenant, elle boit son café, debout, au pied du lit. En prenant son temps. Elle regarde Gérard dormir. Il a l'air bien. Il respire calmement. Il est beau comme ça, au milieu du lit, les bras en croix et la queue en berne. Il ne ronfle même pas… Elle n'a pas envie de le réveiller. Elle réfléchit au mot qu'elle va lui écrire.

Gérard.
Je suis terriblement en retard ! Je te laisse un double des clefs. Pense à les laisser dans la boîte aux lettres, quand tu partiras. Mais tu peux rester, si tu veux ! Je finis tôt, aujourd'hui. On pourrait peut-être aller dans un bon restau, cette fois-ci ? Un italien ? On s'appelle ?
PS : Je ne me rappelais pas que c'était si bien…
PSS : Alzheimer, peut-être ? Ah ! Ah !
Signé : Fanette

En fait, elle n'écrit que : *En retard ! Je file ! T'appelles ?*
PS : Laisse les clefs dans la boîte en partant.

Elle a attendu. Et il n'a pas appelé.

Elle rentre chez elle, fatiguée et un peu déçue. Elle ouvre la boîte aux lettres. Les clefs n'y sont pas. Merde ! Il a oublié de les laisser. Elle ouvre la porte de son appartement, jette sa veste et son sac par terre, court aux toilettes. Elle a presque fini de faire pipi, quand elle se rend compte qu'il y a de la musique dans l'appartement. Ah ben d'accord… il a oublié, en plus, d'éteindre la chaîne en partant ! Elle se lève, de mauvaise humeur, et va dans le salon, en remontant son pantalon. Elle s'arrête net. Mais qu'est-ce que… ? Il y a plein de fleurs partout, dans tous les coins… Et il y a une flèche dessinée sur un papier, par terre. Elle suit la direction qu'elle indique, entre dans la chambre. Pareil ! Des fleurs partout. Elle voit un premier mot : *Suis mes instructions, et tout se passera bien.* Elle commence à sourire. Un deuxième mot : *Mets-toi nue.* Elle obéit, suit d'autres flèches, arrive dans la salle de bains : *Ton bain et ton vin.* Il y a des bougies, des huiles parfumées, et un verre d'asti spumante sur le bord de la baignoire. Il s'est souvenu de l'Italie, c'est trop craquant… Elle se glisse dans l'eau, en riant toute seule. Il est marrant, ce jeu…

Quand elle sort de la salle de bains, elle trouve un mot qui n'était pas là tout à l'heure : *Fanette. Je t'ai attendue toute la journée. C'était long. Alors, ramène tes fesses vite fait, on a des trucs urgents à se dire !*

Juste avant de s'endormir, Fanette a murmuré…
– Je ne me rappelais pas que c'était si bien…
Gérard a dit :

– Moi non plus.

Il a attendu, avant de rajouter :

– Ce serait pas un peu Alzheimer, ça, quand même ?

Et ils ont pouffé de rire en même temps.

22

Y a personne !

C'est la troisième fois que le téléphone sonne depuis ce matin, sans qu'il décroche. C'est sûrement Mélie. Mais tant pis. Il n'a envie de voir personne, c'est tout. La pauvre, elle doit s'inquiéter, quand même. Pépé est passé tout à l'heure. Toc toc toc, il a fait, à la porte. Et il a attendu. Et puis re : toc toc toc. Et il a re-attendu. Au bout d'un moment, il a dit : « Vous êtes là, Marcel ? » Et Marcel n'a pas pu s'empêcher de crier, à travers la porte : « Y a personne ! » Alors Pépé a dit : « Déaccuerdo, yé répasserai plous tarde », et il est parti. C'est un brave gars, ce Pépé. Il connaît la musique. Il sait qu'il faut le laisser tranquille quand c'est comme ça. Quand Marcel veut plus voir personne. Qu'il veut juste se coucher dans un coin, tout seul, comme un chien… Un vieux chien grincheux et tout mité, qui veut plus voir personne quand il est malade et triste à mourir.

Et faut pas venir le déranger, le vieux clébard !

Juste attendre que ça passe.

Jusqu'au jour où ça passera plus, évidemment... Mais là, personne n'y pourra rien. C'est le destin.

Ça dure deux ou trois jours, ça dépend. Il ne sait pas lui-même d'avance. Quand il travaillait encore au garage, ça ne se remarquait pas. Il s'enfermait pendant des jours et des nuits d'affilée. Seul. Sans dormir, sans manger. On n'osait pas venir le déranger. Et les gens, ils disaient : « Ah Marcel, un sacré bosseur, c'gars-là ! » On le respectait pour son travail. Mais maintenant, quand il s'enferme dans son studio, à la maison de retraite, les gens, ils se disent juste : « Pauv' vieux Marcel. C'est fini. Il est plus bon à rien ! » J'les entends d'ici... Mais moi j'ai envie de dire : Et l'auto de Mélie, alors ? Qui c'est qui la répare ? Et la tondeuse de Gérard ? Le vélo de Clara ? La machine à laver de Pépé ? La tronçonneuse de Bouboule ?... Ça compte pour du beurre, tout ça ? Parce que j'ai beau chercher, mais je ne vois pas bien qui voudrait encore s'emmerder à réparer toutes ces bricoles, hein... Et pour des cacahuètes ! Parce que question rémunération, c'est pas Byzance. Il faut quand même le dire aussi, ça...

Alors ? Qui s'y colle à la bricole ? À part moi... c'est simple : PLUS PERSONNE !

Des bruits de pas qui approchent. Toc toc toc. Il ne bouge pas. Re : toc toc toc. Il ne bouge toujours pas. Un papier qu'on glisse sous la porte. Les pas qui s'éloignent.

Coucou Marcel !

Je voulais te faire un bisou avant de partir. Mélie et moi on va chercher un copain. C'est un peu loin, alors on va rester dormir là-bas, et on reviendra demain. Mais, Antoine, c'est pas juste un copain. C'est mon petit copain. J'aimerais bien que tu le voies, il est très sympa. Mélie va être un peu toute seule, pendant qu'il sera là. Alors, ça serait bien que tu viennes. Et puis, la machine à laver est encore cassée.

Je te fais plein de bisous, mon Marcel.

Clara

Elle a dix ans, Clara. C'est pas trop tôt, quand même, pour un petit copain ? De mon temps…

Ah non. Il faut que j'arrête.

C'est nul, ça. « De mon temps… »

Ça fait vraiment vieux con !

23

Tandem

À l'aller, elles ont écouté la seule cassette qu'il y avait dans la voiture. Du Trenet. C'était gai, et le trajet leur a semblé court. Un quart d'heure avant d'arriver, Clara a commencé à avoir le trac, mais a préféré ne pas en parler. Et Mélie, qui avait remarqué, n'a rien dit non plus. Il restait encore une bonne dizaine de kilomètres, quand elles ont eu la surprise de voir Antoine qui les attendait, tout seul, sur le bord de la route, très inquiet qu'elles puissent se perdre.

Mélie l'a trouvé très touchant. Elle a dit à Clara qu'il ressemblait à un petit oiseau tombé trop tôt du nid, avec ses grands yeux écarquillés et ses cheveux ébouriffés.

Le lendemain, quand Antoine a découvert la déco de sa chambre, il n'a pas su quoi dire pendant un bon moment. Et puis, il a fini par prendre la main de Clara… et il a rougi.

Après ça, elle lui a montré son domaine. Elle lui a fait visiter la maison, le jardin, le coin des bambous, la grange. Ils sont descendus à la rivière, ils ont grimpé aux arbres, et ont fait un tas de plans pour les jours à venir.

Entre-temps, Mélie a téléphoné à Marcel.

Il avait prévu de venir, de toute façon. Pour réparer la machine à laver.

– Ah, c'est vrai… J'avais oublié, dis donc !

Elle s'est dépêchée de la mettre en panne, en se disant qu'il n'apprécierait sûrement pas d'être venu pour rien.

Ils se sont tous retrouvés au déjeuner. Clara a présenté Antoine à Marcel. Il l'a trouvé bien gentil, le petit. Il lui a tâté les biceps et les mollets… Un brin gringalet, tout de même… Doit pas faire beaucoup de sport, ce gamin-là, hein. Ça travaille les méninges, mais pas les gambettes ! Allez donc faire un tour à vélo, les enfants. Y a rien de mieux que le vélo !

Après le déjeuner, Mélie s'est sentie un peu fatiguée. Ils se sont installés sur les chaises longues, pour faire la sieste. Avant de s'endormir, elle a demandé…

– Tu crois qu'il y aurait moyen de remettre en état le vieux tandem ? Je suis sûre que les petits s'amuseraient bien avec…

– Mmmm… peut-être…

– Tu pourras regarder… ?

– Mouais…

– Et… Marcel ?…

– Mmmm…

– … faut pas… te fâch…

– Mmmm quoi ?

120

– … je v… part… avant toi, tu s…

– Qu'est-ce que tu dis ?

– … mmm… rien…

– Mélie ?

Mais elle était déjà profondément endormie.

Marcel, ça lui a coupé l'envie de dormir. Il s'est relevé, l'a regardée un moment, la gorge nouée. Il aurait bien aimé parler encore. Mais, comme elle avait l'air d'être partie pour un moment, il est allé dans la grange, pour s'occuper. En attendant.

Quand elle s'est réveillée, le tandem était prêt, réparé, tout propre.

Elle en a eu les larmes aux yeux.

Marcel a fait la gueule.

– C'est parce que je suis contente, que j'ai envie de pleurer, Marcel. Je ne croyais pas qu'il pourrait resservir un jour, ce tandem… Il roule bien ?

– J'en sais rien. J'attendais que tu te réveilles. Allez, debout ! Et grimpe !

– Mais je ne suis pas montée sur un vélo depuis…

– Ben, c'est moi qui pédalerai, c'est tout !

– Tu ne vas pas y arriver.

– Qu'est-ce que tu crois que je fais, la nuit ? Tu crois peut-être que je compte les moutons, c'est ça ? Allez, grimpe, j'te dis !

Et ils sont partis faire un petit tour.

À un moment, elle a commencé à s'imaginer la dégaine qu'ils devaient avoir, les deux petits vieux sur leur tandem, l'un derrière l'autre… et elle s'est mise à rire… à rire… à en avoir les jambes coupées. Marcel s'est retrouvé à devoir pédaler tout seul. Il a un peu bougonné. C'était dur, quand même…

– Eh ben, Mélie… qu'est-ce qui te fait rire comme ça ?

– Des souvenirs, des très vieux souvenirs…

Et puis, elle a appuyé sa tête contre son dos. Elle a senti ses muscles vibrer sous l'effort, et c'était bon de sentir la chaleur de son corps. Elle aurait voulu pouvoir murmurer « merci Marcel », mais elle n'a pas osé.

Et ils sont revenus.

Clara et Antoine les ont regardés arriver, effarés, les yeux tout écarquillés.

– Ah ben ! Vu la tête qu'ils font, j'crois bien qu'on doit avoir une drôle de dégaine, tous les deux, sur notre tandem.

– Oui, Marcel, j'crois bien aussi…

Clara et Antoine ont des projets.

– Alors, on voudrait construire une cabane dans le marronnier. Mais une vraie cabane, hein… grande, solide et tout. Avec des murs, et un toit. On a dessiné les plans. Le problème, c'est qu'il faut beaucoup de planches.

– Il y a des palettes dans la grange, a dit Marcel. Et qu'est-ce qu'il vous faudrait d'autre ?

– On a fait la liste.

Des clous, des vis, un marteau, une visseuse, une échelle de corde, une bouteille de Coca, un mètre, de la ficelle, un crayon, une scie, une lampe de poche, du chocolat, des pansements, des gants, deux sacs de couchage, des fraises Tagada…

Ils ont sorti la grande échelle. Marcel a installé une poulie pour monter le matériel, et fixer l'échelle de corde.

Les enfants n'avaient plus besoin d'aide.

Ils ont commencé le travail.

Vers cinq heures et demie, Pépé téléphone. Il ne va pas pouvoir venir chercher Marcel ce soir. Il a crevé. Mais le pire, c'est que sa roue de secours est complètement pourrie. Alors, vu l'heure, il va falloir attendre demain pour réparer. Mais il peut trouver quelqu'un d'autre, pour aller le chercher, s'il veut. Non ? OK. Alors, hasta demain, Marcel.

Mélie propose de le ramener. Mais Marcel n'a pas envie.

– Non, je vais coucher ici, c'est plus simple.

– Comme tu veux. Je vais préparer ton lit, alors.

– Non, laisse, je vais le faire. Repose-toi.

– Mais pourquoi tu dis ça ? Je ne suis pas fatiguée, voyons…

Clara et Antoine ont fini de poser le plancher de la cabane dans l'arbre. Et demain ils vont attaquer les murs. En attendant, ils montent une tente dans le jardin. Ils vont dormir dehors, cette nuit ! Et puis, vous savez quoi ? Eh ben, Antoine, c'est un phobique des araignées ! C'est drôlement embêtant, à la campagne, hein ?

Bon, ils passent juste cinq minutes. Pour prendre de quoi manger. Ils vont dîner sous la tente. En tout cas, c'est vraiment cool que Marcel reste dormir, ce soir ! Comme ça, elle est pas toute seule, la petite Mélie !

Bonne nuit, les chéris !

Marcel et Mélie dînent en tête à tête.

Il ne sait pas comment aborder le sujet. Finalement, il se lance :

— Tu savais que tu parlais en dormant, Mélie ?

— Alors là ! Ça m'étonnerait beaucoup.

— Eh ben si. Je t'ai entendue, pendant la sieste, aujourd'hui.

— Et… qu'est-ce que j'ai dit ?

— C'était pas très clair. Quelque chose comme : je vais partir… mais je n'ai pas bien compris.

— Ah bon.

Mélie change de sujet.

— J'y pense, est-ce que tu as essayé le dictaphone ?

— Je t'ai déjà dit, je n'ai rien d'intéressant à raconter.

— Ah oui, c'est vrai.

Elle va chercher du vin.

Ils boivent. Ça les détend.

— Mais, j'y réfléchis.

— À quoi donc ?

— Ben… à ce que je pourrais raconter, sur le dicta-phone !

— Ah ! Très bien.

— Mais j'ai pas dit que j'allais le faire, hein ! Juste que ça me faisait penser à des choses, c'est tout…

Après dîner, ils vont faire un tour dans le jardin. Les travaux de construction de la journée les ont si totalement lessivés que Clara et Antoine dorment déjà. Comme des petits loirs.

Avant d'aller se coucher, Mélie s'arrête devant la porte de la chambre de Marcel, pour lui souhaiter bonne nuit. Il hésite, mais finit par l'appeler.

– Mélie ?

Elle passe la tête, en souriant.

– Oui ?

– J'aimerais bien parler encore un peu, là…

– Pas de choses tristes, hein ?

– Non, pas tristes…

– Bon, alors d'accord.

Elle s'assied sur le bord du lit.

Ils se sourient.

Ils ne savent ni l'un ni l'autre par quoi commencer. Alors, ils restent silencieux un petit moment. Et puis Marcel lui prend la main.

Elle est surprise, elle se raidit.

Il ferme les yeux.

Quelques secondes plus tard, il s'endort, un sourire sur les lèvres.

24

La belle toile

On va attaquer le toit de la cabane. C'est le plus dur. Si tout va bien, on devrait avoir fini cet après-midi. Il restera encore plein de choses à faire, mais ce sera moins urgent. On pourrait peut-être dormir dedans la nuit prochaine, si le temps ne se met pas à l'orage ?

Ils sont un peu pressés. Antoine ne reste que quelques jours.

Mélie les appelle pour le petit déjeuner. Elle ajoute qu'il y a une très belle épeire qui est en train de tisser, près du rosier blanc, et que ça vaut vraiment le coup d'œil !

Elle a installé quatre chaises comme pour le spectacle. Et elle a branché la caméra vidéo.

– Dégrouillez-vous, les enfants, elle a déjà commencé.

Clara entraîne Antoine. Il ne sait pas ce qu'est une épeire, alors il ne proteste pas encore. Il s'assied près de Clara. Quand il réalise qu'il s'agit d'une araignée, il sent monter une bouffée d'anxiété. Elles ont dû

127

oublier qu'il était phobique ! Mais Clara prend sa main et lui parle tout bas. T'inquiète pas… Ça craint rien du tout, surtout à cette distance… Oui, mais… Je te dis que ça va, Antoine !… OK, il veut bien la croire. Tu ne penses pas quand même que… ? Bon, d'accord, il la croit… C'est vrai que cette araignée a l'air de ne s'occuper que de son travail, finalement… Elle ne fait pas du tout attention à eux… C'est fou la vitesse à laquelle elle fabrique ses fils… et… toutes ses pattes qui travaillent en même temps… on dirait vraiment qu'elle tricote… C'est marrant.

Il approche un peu plus sa chaise. Pour mieux voir.

Marcel arrive.

– C'est quoi le programme ? On se fait une petite toile, c'est ça ?

Ça les fait sourire.

Il bougonne qu'il n'a pas que ça à faire, mais s'assied quand même.

Ils sont maintenant tous les quatre assis en arc de cercle. Penchés en avant. Ils regardent l'araignée tisser sa toile. En silence.

Captivés.

Une heure plus tard, le téléphone sonne.

Personne n'a envie de bouger.

Il sonne longtemps.

Mélie finit par se lever.

– Qu'est-ce qu'il se passe ?… Une toile d'araignée ? Ah ! Ça fait longtemps que je… Mais Mélie, dis donc ! Clara m'a dit l'autre jour que le petit

Antoine était arachnophobe !... Oui, c'est vrai, ça peut marcher. Faut voir... Bon. Il faut que je te dise quelque chose... Je crois que... je suis amoureuse... Mais si je dis que je crois, c'est parce que je ne suis pas complètement sûre, tu vois... c'est un peu compliqué comme histoire... Je préfère te raconter quand je viendrai... Dans quelques jours. Ne dérange pas Clara maintenant. Je l'appellerai plus tard... Vous allez être étonnées, tu sais. Bisous.

Mélie retourne à la toile d'araignée.
Elle parle tout bas.
— C'était Fanette.
— Elle est amoureuse ? chuchote Clara.
— Comment tu sais ça, toi ?
— Elle n'a pas parlé longtemps. C'est le signe ! Mais là, c'était très très court... Elle doit être vraiment très très amoureuse, cette fois...
— Oui, on dirait...
— Cool.
— Elle a dit aussi qu'elle venait bientôt.
— Quand ça ?
— Chut ! On ne parle pas pendant les toiles ! grogne Marcel.
— C'est vrai, quoi ! On va finir par perdre le fil..., râle Antoine.
Les deux filles se regardent. Le triomphe modeste au coin de l'œil.
— Eh bé, dis donc...

25

Rosa

La toile d'araignée au petit déjeuner, ça les a retardés dans leurs travaux, évidemment. La cabane ne sera pas prête aujourd'hui. Mais tant pis. Ça valait le coup ! Et puis, Marcel et Antoine sont devenus copains. Ils ont décidé d'aller faire du vélo. Marcel trouve qu'il devrait se muscler un peu plus des jambes, le petit. Clara, elle, n'aime pas trop faire la course. Elle préfère rester avec Mélie.

Marcel pédale sur la route. Très concentré.

Il ne se rend pas compte qu'Antoine a du mal à suivre.

Il pense à hier soir. C'est fou ce qu'il s'est endormi vite… mais il se rappelle parfaitement de ce qu'il s'est passé avant.

Il repense à la main de Mélie.

Dans la sienne.

Il sourit. Il ferme les yeux.

Ouh là ! C'est pas le moment de fermer les yeux ! Il a failli se casser la margoulette, dis donc ! Il se tourne vers Antoine, pour en rire avec lui…

Mais Antoine n'est pas là.

Il freine brutalement.

– Antoine ?

Mais où il est, le petit ?

Il fait demi-tour avec son vélo.

De loin, le vélo couché sur le bord de la route.

Il s'affole un peu.

– Antoine, ça va ?

– Ben oui…

– T'es tombé ?

– Ben non…

– T'as crevé, alors ?

– Ben, presque.

– C'est bien ce que je pensais. Tu manques d'entraînement. Allez, Antoine ! D'la route, p'tit gars !

Ils ont fait encore une petite dizaine de kilomètres,
et puis ils sont rentrés. Antoine a eu l'impression de
marcher comme un cow-boy, pendant une heure ou
deux. Mais il a senti aussi qu'il avait pris des muscles.

– Non, c'est vrai, Marcel… je le sens déjà.

Plus tard, Pépé est arrivé, et a ramené Marcel chez
lui.

Une fois rentré, il lui a annoncé que Rosa était
morte. Pendant la nuit.

Et ça lui en a fichu un coup.

Parce qu'il l'aimait bien, Rosa.

Il s'est dit qu'il aurait dû aller la voir plus souvent.
Qu'ils auraient parlé ensemble. Qu'ils se seraient rappelé des choses, des tas de choses, du temps où…

Mais elle perdait la boule, Rosa. Depuis déjà très longtemps. Alors, peut-être qu'elle ne se serait souvenu de rien…

Elle devait avoir des enfants. Et des petits-enfants.

De quoi ils vont se rappeler, eux ? De ce qu'elle était à la fin ?

Une pauvre vieille, tout édentée, incontinente et sénile ? Ils ne sauront jamais ce qu'elle avait été avant. Ce qu'elle avait vécu, comment elle était, ce qu'elle avait fait… et… Merde. C'est triste.

Clic. Rec.
Enregistrement.

Rosa, je ne t'ai jamais dit… Et je regrette, parce que maintenant c'est trop tard. Mais je veux le faire quand même. Pour tes petits-enfants. Comme ça, ils sauront…

Comment on t'attendait.

Quand on planquait tous les trois, dans les collines, là-haut.

Raymond, Fernand et moi, Marcel.

Et comment tous les jours, on se réveillait à l'aube. Chacun notre tour. Et qu'on se mettait en sentinelle, près de la cabane. On ne savait jamais d'avance quand tu venais. Alors, tous les matins, on allait surveiller la route. Pendant des heures. On t'attendait. Au cas où tu viendrais. Et comme ça, pendant des jours et des jours. Tout transis de froid. On attendait. Jusqu'à ce que tu viennes. Et, bon Dieu, quand on te voyait arriver, tout là-bas, au bout de la route, on avait le cœur qui faisait

133

des bonds... hauts comme ça ! J'te jure ! On courait réveiller les autres, en criant : « Debout les gars ! La voilà ! » Et tous les trois, les cheveux encore tout ébouriffés de la nuit, on te regardait arriver de loin sur ton vélo. Immobiles et silencieux. Tout le temps que t'arrive...

Jamais on n'oubliait que tu faisais tout ce trajet pour nous. Les vingt kilomètres aller-retour, à vélo. Rien que pour nous. Et pour ça, on t'aimait, Rosa. T'imagines pas comment. Et on faisait tout pour que tu nous aimes et que tu sois fière de nous. Tu risquais ta vie, chaque fois, en venant ici. On n'oubliait pas. J'ai jamais oublié. Tu venais ravitailler tes « p'tits minots », comme tu nous appelais. Qu'est-ce que ça nous énervait que tu nous appelles comme ça, tu sais ! On avait quatorze ou quinze ans, et on se prenait pour des hommes. On volait des tampons, des armes, des voitures, tout ! On sabotait les voies de chemin de fer, on avait même fait sauter le petit pont, en bas, dans la vallée... Mais toi, tu continuais à nous appeler tes « p'tits minots » !

Tu avais vingt-trois ans. Et on n'avait aucune chance. Mais on rêvait quand même un peu... On n'y pouvait rien. T'étais belle, comme c'est pas imaginable.

T'étais belle comme un soleil, Rosa !

Et on était tout éblouis.

Marcel a parlé longtemps dans le dictaphone.

Une bonne partie de la nuit.

À l'aube, il a enfourché son vélo et il est allé jusqu'en haut de la colline. Près de la cabane, là-bas.

Et il est resté à regarder la route, un bon moment…
Des fois que la Rosa, elle aurait eu envie de passer une
dernière fois. À vélo. Pour dire au revoir au « p'tit
minot »…

26

Antoine exubérant

Antoine devient exubérant.

– Je voulais vraiment vous remercier pour le coup de la toile d'araignée. C'était vraiment une chouette idée ! Je ne sais pas si j'arriverais à supporter qu'une araignée me marche dessus, mais… de pouvoir regarder sans avoir peur, et sans les sueurs froides qui me coulent dans le dos, ben c'est génial ! Clara m'a montré un livre où il y en a plein de sortes différentes. Je ne savais pas qu'il y en avait autant, et qu'elles pouvaient être aussi belles. Et les toiles ! C'est vraiment trop dingue ! J'aimerais bien que mon père voie ça. Je pourrais lui montrer la vidéo que vous avez prise, c'est possible ? En plus, je crois qu'il est phobique aussi, lui. Je lui demanderai demain, quand je l'appellerai.

Et puis aussi, j'ai bien aimé faire du vélo avec Marcel. Il m'a bien coaché. C'est marrant, il est plus vieux que mon grand-père, mais il fait plus de trucs. Mon grand-père, il ne fait plus de vélo, depuis… oh, je sais plus… mais, ça fait très très longtemps ! Il a peur de tomber et de se casser le col du fémur, je crois. Et ma grand-mère aussi. Et vous, vous n'avez pas peur, Mélie ?

— Non, non. Mais j'ai appris à tomber. Il faut éviter de se raidir, sinon, crac !

— Et Marcel, pourquoi il vit pas ici, avec vous ?

— Eh bien, mais… parce qu'il vit dans un studio, à la maison de retraite.

— Mais, pourquoi ? Il n'est pas de votre famille ?

— Ah non ! Marcel, c'était le meilleur ami de Fernand, mon mari. Ils se connaissaient depuis tout petits. Et après la mort de Fernand, on est restés amis, Marcel et moi.

— Mais il est tout seul ?

— Oui.

— Et vous aussi ?

— Oui.

— C'est triste, quand même…

— Mmmm…

— Mais ici, il y a de la place, s'il voulait venir, non ?

— Oui. Il y a de la place. Bon. Antoine. Qu'est-ce que tu essayes de me dire ?

— Non, rien. Juste que… je trouve ça triste qu'il vive tout seul. C'est tout. Moi, mes grands-parents, ils m'ont dit un jour que, s'il y en a un des deux qui meurt, eh ben l'autre il pourra pas supporter de rester seul, et qu'il se laissera mourir. Alors, bon… je me dis que c'est quand même mieux si on n'est pas tout seul, quoi.

— Mmmm.

— Quand est-ce qu'il revient, Marcel ?

– Je ne sais pas. Mais tu peux lui téléphoner, si tu veux.

– Ah ouais, je vais l'appeler ! Maintenant, je peux ?

– Oui. Tu peux.

Il court téléphoner.

– Allô, Marcel ? C'est Antoine. Quand est-ce que tu viens, dis ?… Oui, oui. J'ai un graveur sur mon ordi… Oui, on peut. J'ai des CD vierges. Et on va faire du vélo, après ? Bon. Tu veux que je demande à Mélie ?… Mélie ! C'est Marcel qui demande s'il peut passer aujourd'hui… Marcel ? Elle a dit : « Évidemment… » OK… À tout à l'heure, alors !

Il se balance d'un pied sur l'autre.

– Bon, ben… je vais aller voir si Clara a fini de se préparer.

– Oui. Très bien.

Il détale comme un lapin.

Mélie se demande si ça n'était pas mieux quand il était plus réservé…

Mais non… elle plaisante, bien sûr !

Quel drôle de petit bonhomme, tout de même, cet Antoine…

27

Pouvoir, ou pas

Mélie va faire un tour du côté des bambous. Ils sont presque à un mètre au-dessus des toises qu'elles ont installées la dernière fois. Quelle vivacité ! C'est impressionnant.

Elle entend les enfants jouer au loin. Ils sont occupés à finir la cabane dans le marronnier. Elle en profite pour s'asseoir dans un fauteuil et réfléchir. Tranquillement.

Et elle se dit…

Je ne cherche toujours pas à savoir ce que j'ai… C'est un peu spécial. Mais j'aime de plus en plus ne pas savoir. Ça me stimule. Et du coup, je n'ai plus peur de perdre mon temps. Ni de m'embarrasser de détails. Que l'essentiel…

Tailler la glycine…

Regarder le chat dormir au soleil…

Relire *Poil de carotte*…

Planter de nouveaux arbres fruitiers…

Écrire pour Pépé la recette secrète des…

– Méééélllliiiie ! ! ! !

– Ouiiiiii !

– T'es où ?

– Aux bambous !

– Qu'est-ce que tu fais ?

– Rien…

– Quand est-ce qu'on mange ?

– Bientôt, les enfants, bientôt.

Bon.

Alors qu'est-ce que je vais bien pouvoir faire à manger ?

Parce que, dans le fond… c'est ça la question.

Marcel est arrivé plus tard. Il n'avait pas faim et était très fatigué. Il a dit à Antoine qu'il n'avait pas la moelle de monter sur un vélo, maintenant. Mais qu'après une petite sieste, peut-être… Il lui a donné son dictaphone numérique. Et Antoine a gravé un CD.

Marcel a écrit dessus : *À Rosa, souvenirs de résistance.*

Mélie l'a serré très fort dans ses bras.

C'était la première fois.

Et il a eu un peu de mal à ne pas pleurer. De joie, bien sûr.

28

Deux fois trois

Fanette conduit.

Elle pense à Gérard, à leurs fougueuses retrouvailles.

Ils s'appellent quinze fois par jour, depuis. Des heures. Comme des ados. Ils se demandent comment ils vont annoncer la nouvelle de leur « re-histoire », sans que ça fasse trop ridicule. Ils sentent bien que ça ne va pas être facile. Ils y réfléchissent beaucoup. Mais, par téléphone, c'est chiant, à force…

Fanette passe le péage.

Il y a quelques jours, Odile est rentrée. Très très folklo, il paraît ! Version Gérard, évidemment. La seule disponible ! Non, mais… Gérard est quelqu'un de très honnête. Et il essaie évidemment de rester le plus neutre possible, dans cette histoire. Il dit qu'en plus, de cette façon, il risque moins de se laisser bouffer par la charge émotionnelle liée à toute cette… Enfin, bref. L'histoire d'amour entre Odile et son « hidalgo » s'étant très certainement mal terminée

– sinon pourquoi elle serait revenue, tu peux me le dire ? – elle s'est pointée, et elle a tapé le plan : « Gérard, mon minou chéri – je sais, c'est ridicule, mais elle m'a toujours appelé comme ça –, je reviens. Je sais que c'est toi que j'aime, j'en suis sûre maintenant. J'ai douté, mais c'est fini, on va recommencer comme avant »... Sauf que ce coup-là, ça ne lui a fait ni chaud ni froid, à Gérard... Alors elle a piqué une crise. De dingue ! Elle a cassé plein de trucs, déchiré des photos, bu comme un trou, s'est roulée par terre à poil, en disant qu'elle allait se tuer... enfin, la totale ! Et c'est là que les mômes sont intervenus. Blaise, Guillaume et Matthieu. Et ils ont décidé de mettre Gérard à la porte ! En lui expliquant que ça ne servait à rien qu'il reste, que ça foutait plus le bordel qu'autre chose, et que... le mieux, c'était qu'il fasse comme d'hab... qu'il ne s'occupe de rien ! Ça l'a drôlement secoué. Mais il est parti. Et il s'est installé au cabinet. Depuis, il dort sur la table d'auscultation et prend sa douche dans le lave-mains des toilettes de la salle d'attente. Mais il le dit lui-même – et c'est pas de gaieté de cœur –, les mômes ont raison. C'est vrai qu'il est un peu nul comme père. Qu'il n'a pas vraiment assuré, comme mari. Et que le surnom de « monsieur no-conflit » lui va comme un gant...

Les garçons l'ont appelé hier pour lui annoncer qu'Odile allait beaucoup mieux. Et qu'elle prévoyait de le faire raquer un max, s'il avait l'intention de demander le divorce.

Il va essayer de lui parler.

Fanette entame les derniers kilomètres.

Elle réfléchit encore à la façon d'annoncer la nouvelle à Mélie et à Clara. Elles vont se moquer, c'est sûr. Surtout Clara. C'est vrai que, vue de l'extérieur, la situation est plutôt… comique. Eh les gars, vous connaissez la dernière ? Après dix-sept ans de réflexion, Fanette et Gérard remettent le couvert ! Ah ouais, marrant.

Le mieux, ce serait d'attendre avant d'en parler, quand même.

C'est peut-être trop tôt…

Il ne faudrait pas se précipiter…

Voilà, c'est ça !

Rien dire pour l'instant. Et voir plus tard.

Fanette arrive chez Mélie. Elle a à peine le temps de couper le moteur de la voiture que Clara se jette dans ses bras. L'assaille de bisous. Et c'est double dose, parce que ça fait longtemps.

Et puis, d'un coup…

– Alors ?

– Quoi, alors ?

– C'est qui ?

– Comment ça, qui ?

– Ben… ton amoureux !

– Ah ben… c'est… Gérard.

– Ah ouais ?

– Ouais…

– Je sentais bien qu'il y avait un truc chelou. Mais Gérard, quand même… T'y aurais pensé, Mélie ?

– Euh… non, je ne crois pas.

– Et toi, Marcel ?

– Euh… moi non plus. J'avoue sincèrement que…

– Maman, fais pas cette tête ! On est juste un peu scotchés, c'est tout. Mais on va s'habituer.

Antoine regarde de loin, gêné.

– Antoine ! Viens, je vais te présenter ma mère. Antoine, Fanette. Fanette, Antoine. Tu peux lui dire « tu », si tu veux.

– OK. Bonjour, madame… Fanette.

– Juste Fanette, mon petit Antoine. Ça me fait plaisir de te rencontrer. Alors, Clara t'a dit ? Je connais ton père. Il est venu me voir, l'année dernière, au cabinet. Et on a sûrement dû se croiser plusieurs fois, aux réunions de parents d'élèves. Mais je ne me rappelle pas avoir rencontré ta mère… ?

– Maman, s'il te plaît…

Au même moment, un bruit de moteur de voiture…

C'est Gérard.

Il fait le mec qui passe par hasard. Genre : « Ah, salut, Fanette. Mais qu'est-ce que tu fais là ? »… Et Fanette joue le jeu : « J'avais envie d'un petit week-end en famille. Alors, hop ! J'ai sauté dans la voiture ! Et voilà. Et toi, tu passais par hasard, c'est ça ? »

Elle n'attend pas sa réponse. Elle l'attrape par le cou et l'embrasse violemment sur la bouche. Ça le surprend. Les yeux écarquillés, il marmonne :

– Mais voyons, Fanette, qu'est-ce que tu f… ?

Il jette un regard autour de lui.

Voit que tout le monde se marre, comprend enfin.

Il rougit, bégaye… je croyais… enfin… vous… euh…

Alors, pour le mettre à l'aise, Clara dit…

– Ça fait un peu histoire d'amour d'occase, votre truc, non ?

Antoine a téléphoné à son père, pour lui demander s'il pouvait rester encore quelques jours. Il a dit non. Que c'était prévu comme ça depuis le début, et qu'il devait retourner chez ses grands-parents le lendemain. Point barre. Antoine est allé se cacher dans la cabane pour pleurer. Clara l'a rejoint. Il a reniflé. Et puis, ils ont réfléchi à la façon d'organiser le temps qui restait. « On va devoir passer une nuit blanche, pour pouvoir tout faire, c'est obligé… »

Super !

Pendant que les enfants faisaient des plans dans le marronnier, les deux adultes sont partis batifoler dans les sous-bois.

Et les deux vieux se sont installés pour faire la sieste, sous le tilleul.

Quand Marcel s'est réveillé, il est allé chercher Antoine pour faire du vélo. Et Gérard, qui passait par là, a demandé à se joindre à eux. Très excité à l'idée de faire du sport. « Pour se dérouiller les jambes, le vélo, y a pas mieux, hein, Marcel ? »

Marcel roule devant, Antoine bien collé dans sa roue, et Gérard un peu plus loin derrière. L'espace se creuse de plus en plus, depuis un moment. Mais à l'avant du peloton, personne ne remarque. Ils discutent. Sans se retourner. Et Gérard ne veut pas les appeler. C'est déjà assez vexant comme ça. Se faire semer par un vieillard de soixante-dix-huit balais et un petit morveux d'à peine dix... ça va, quoi ! Il attend une descente pour les rattraper. Mais ça fait longtemps qu'il n'y en a pas eu. C'est chiant, le vélo, finalement.

Il a les boules, Gérard.

— Eh ben, tu vois, Marcel, mon père, il aime que le rugby.

— Ah... Et il en fait ?

— Non. Il regarde.

— À la télé ?

— Ouais.

— Et ta mère ?

— Ma mère ?

— Elle aime quoi, elle ?

— Ben... je sais pas...

— Tu sais pas ?

— Ben non... je sais pas.

Marcel se tourne vers Antoine...

— T'es un drôle de p'tit bonhomme, toi.

Il se rend compte que Gérard n'est plus là.

— Ah pu... naise ! On l'a semé.

Ils font demi-tour. Roulent un moment. S'inquiètent.

Au loin, le vélo couché sur la route. Les pieds de Gérard qui dépassent des hautes herbes. Ils foncent.

— Gérard, ça va ?

— Bof...

148

– Vous êtes tombé ?

– Non.

– Vous avez crevé, alors ?

– C'est presque ça, ouais.

– Ah ben, vous manquez d'entraînement, c'est sûr…

Ils rentrent en roulant tout doucement. Marcel et Antoine encadrent Gérard. Antoine lui explique qu'il va marcher comme un cow-boy, ce soir. Mais que ça ira mieux demain, vous verrez, monsieur Gérard…

– Juste Gérard, Antoine…

– Ah ! Juste… votre prénom, d'accord…

Il sourit. Ça le fait penser au *Dîner de cons*… « Juste Leblanc ? Vous n'avez pas de prénom, alors ? Ah, donc c'est Juste, votre prénom… » Mais il ne dit rien, parce que « con », c'est un gros mot, et qu'il ne connaît peut-être pas le film, juste Gérard…

Un drôle de petit bonhomme quand même cet Antoine, pensent Gérard et Marcel, tout en pédalant sur leurs vélos.

29

Voler

Pendant ce temps-là, les trois femmes sont au jardin. Elles s'occupent en silence. Mélie cueille des haricots verts, Fanette retire les gourmands sur les pieds de tomates, et Clara squatte le coin des fraisiers. Quand elle a fini d'en manger trop, elle va s'asseoir à l'ombre. Et puis, elle se met à parler. C'est marrant quand même… Il a drôlement changé, Marcel, ces derniers temps. Tu trouves pas, Mélie ? Surtout depuis qu'il a laissé tomber la chaise roulante. On dirait qu'il n'a plus envie de se rabougrir… Et puis dis donc, le CD ? Celui qu'il a demandé à Antoine de graver. Tu sais ce qu'il y a dessus ? J'aurais bien aimé l'écouter… Et le dictaphone ? Tu savais qu'il avait un dictaphone numérique, toi ? Alors là, Mélie est un peu mal à l'aise. Elle se voit mal raconter qu'elle l'a volé pour le lui offrir, alors elle se met à bafouiller. Mmmm… oui, non… je ne sais pas… Mais en même temps, elle aimerait pouvoir dire la vérité. Elle n'a pas vraiment honte… Enfin si, un peu… Mais pas tant que ça. Parce que, ça fait longtemps qu'elle y pense… Que parmi toutes les choses qu'on devrait apprendre à faire dans la vie, il y a : voler. Mais pas juste voler, comme ça, vulgairement. Non. De la même façon qu'on apprend le judo ou le karaté. En acceptant de ne s'en servir qu'en cas de force majeure. De nécessité vitale. Pendant la guerre, par exemple. Il y a certainement des gens qui sont morts parce qu'ils ne savaient pas voler. S'ils avaient su, ils auraient peut-être survécu… Mélie s'émeut. Les larmes lui montent aux yeux. Et même sans guerre. On devrait savoir voler, pour nourrir ses enfants, s'il n'y a pas d'autre moyen. Et qu'on ne vienne pas parler de morale. Parce qu'elle est où la morale quand on laisse crever de faim des enfants, elle répondrait. Mélie s'énerve toute seule. Ça lui arrive de plus en plus souvent. Ça doit être l'âge…

Elle se redresse d'un coup, les joues en feu, les cheveux en bataille, une poignée de haricots verts à la main.

– Écoutez, mes chéries. Je crois vraiment qu'il faudrait que vous appreniez à voler…

Devant l'air ahuri de Fanette, elle enchaîne…

– … de vos propres ailes ! Oui, enfin… dans le sens : être autonomes… Vous comprenez ? Quand je vois ce que devient le monde, et comment il ne tourne plus bien rond, je me dis qu'il va falloir devenir très débrouillardes. Et inventives. Avec les moyens du bord. Se nourrir, se soigner avec ce qu'on a autour de nous. Venez. Je veux vous montrer quelque chose. Vous voyez cette mauvaise herbe qui pousse sur le

152

bord du chemin, là ? C'est de la bardane. Vous savez, ces boules qui s'accrochent dans les cheveux, sur les pulls, dans les poils des chiens… on appelle ça des teignes. Eh bien, les racines de cette plante sont bonnes à manger. Ça ressemble un peu aux salsifis. En plus fin. Et ses feuilles fraîches soignent l'eczéma, l'acné, les furoncles, et des tas d'autres infections. C'est intéressant, non ?

– Oui. Mais… pour le dictaphone ?…

– Bon. On rentre. Mon panier est plein. Il va falloir équeuter tout ça.

Y en a long.

Les trois hommes sont rentrés peu de temps après.

En descendant de vélo, Gérard a compris ce qu'Antoine avait voulu dire. Il a effectivement marché comme un cow-boy pendant une bonne partie de la soirée ! Et Fanette a trouvé ça très drôle. Elle ne rate jamais une occasion de se moquer. Ça tombe bien. Il adore la faire rire. Il aura fallu dix-sept ans pour qu'il le découvre.

Mais ça valait le coup d'attendre.

Il doit rentrer chez lui ce soir. Donc il déposera Marcel, en passant. « C'est perfecto », a dit Pépé au téléphone tout à l'heure. Parce qu'il est débordé. Il a encore des tas de choses à faire pour l'enterrement de Rosa. Les fleurs à aller chercher, les gens à prévenir… C'est mucho trabajo, les enterrements, coño !

– Très bien, Pépé, à demain, alors.

Ils dînent dans le jardin.

Clara et Fanette ont voulu goûter aux mauvaises herbes.

Elles ont préparé des radis et quelques racines de campanules raiponces, une salade du jardin mélangée à des feuilles de plantain et d'herbe de Saint-Jean, et une petite fricassée de racines de bardane.

Il y a des sceptiques. C'est normal. Elles s'y attendaient.

Mais tout le monde goûte quand même.

Commentaires...

– C'est intéressant... et ce petit arrière-goût de terre... Mmmm... extra...

– Vous êtes vraiment sûres que ça se mange ? On va pas s'empoisonner, là ?

– Avec une sauce un peu relevée ? Ça serait peut-être moins fadasse, non ?

Voilà. Mais c'était juste un essai.

Et puis, Fanette sent le regard d'Antoine posé sur elle. Il la trouve belle ? Il ne la quitte pas des yeux.

– Alors, mon petit Antoine, tu es content de ces quelques jours passés ici ?

– Oui. Très.

– On n'a pas eu beaucoup le temps de se parler. Tu reviendras ? J'appellerai tes parents. Tu penseras à me donner leur numéro de téléphone ?

– D'accord...

– Parce que, bon... je connais ton père, Lucien. Il s'appelle bien Lucien, c'est ça ? Mais je n'ai encore jamais rencontré ta maman. C'est idiot. Il faudrait organiser quelque chose. Dîner un soir, tous ensemble, ce serait sympa.

– Oui. Ça serait bien. Mais…

– Mais quoi, Antoine ?

– Non, rien. Enfin, vous savez… ma mère, elle est… elle s'appelle Élise.

– C'est un joli prénom, oui…

– Et maman… elle était un peu comme vous, je crois…

– … était ?…

– Sur les photos. Ça se voit qu'elle était belle.

– Ah… je suis désolée, Antoine… je ne savais pas…

– J'aime pas parler de ça, parce qu'après les gens ils croient que… Mais vous savez, moi, ça va. Je suis habitué.

– Oui… je comprends.

Mélie, Marcel et Gérard le regardent, émus. Ils ont tous envie de le serrer très fort dans leurs bras, ce « drôle de petit bonhomme ». Mais ils n'osent pas faire un geste. Et c'est lui qui se lève et qui vient se blottir contre eux. Le petit oiseau tombé trop tôt du nid. Il fait le tour de la table. Passe de l'un à l'autre, se laisse embrasser, très fort, très vite. Finit par Fanette, qui le garde longtemps serré contre elle… « Mon petit… mon tout petit… pauvre petit bonhomme… » Elle caresse ses cheveux ébouriffés, et elle pleure un peu. Parce qu'elle ne peut pas s'en empêcher…

Antoine relève la tête. Il sourit.

– Clara ? On leur dit maintenant pour…

Il tend le menton vers le marronnier.

– Ouais, d'accord !

– On a une surprise ! Dans la cabane, on a trouvé quelque chose, tout à l'heure… qui est venu tout seul, hein. C'est même pas nous qui l'avons mis là !

Ils partent en courant et reviennent aussi vite, avec… un petit chat tout gris.

Devant l'air consterné…

– Il est venu tout seul ! On peut pas le laisser, quand même. Il a plus de maman, le pauvre.

L'argument tombe à pic. Bon.

– Alors, comment vous allez l'appeler, votre chat ?

– On n'arrive pas à savoir si c'est un garçon ou une fille.

Marcel fait le spécialiste.

– Attendez voir… C'est un mâle, j'crois bien.

Clara et Antoine réfléchissent.

– On pourrait l'appeler… Léon ? dit Antoine.

– Oui… mais pourquoi Léon ?

– Ben… c'est un beau nom Léon, et puis, je connais personne qui s'appelle comme ça. Et toi ?

– C'est vrai, moi non plus.

– Alors… ?

– D'accord.

Vous ne connaissez pas de Léon, les enfants ? Blum, Trotsky, Gambetta, ça ne vous dit rien ? Tolstoï non plus ?

Et Léon Zitrone ?… C'est vrai que c'est vieux… Bon, alors : Léon de Bruxelles, les restaus de moules-frites ?… Ah ben, voilà…

30

Calamiteuse scolarité

Le lendemain matin, à l'enterrement, Marcel a donné le CD qu'il a enregistré aux petits-enfants de Rosa. Ils ont eu l'air surpris. Ils ne devaient pas savoir qu'elle avait été résistante. Ça allait donc servir. Ça l'a rendu fier. Mais il est quand même parti avant la fin de la cérémonie. Il avait trop chaud, c'était trop long, et puis surtout... il déteste les enterrements.

Chez lui, il a entrouvert les volets, pour laisser passer un peu d'air frais, et il s'est allongé sur son lit, pour réfléchir. Il s'est endormi aussitôt. C'était prévisible. Quand il s'est réveillé, il était déjà dix heures et demie. Il s'est dépêché de se changer, a pris son vélo et a foncé jusqu'à la gare. Mélie, Fanette, Clara, Antoine et le chat-Léon étaient déjà arrivés.

Le train avait du retard. Ça tombait bien. Fanette a pu recommander une fois de plus à Antoine de faire bien attention... et de ne *surtout* pas rater la correspondance ! En prime, elle a trouvé en moins de cinq minutes une mère de famille qui voyageait dans le même wagon et qui avait un portable, au cas où il y aurait un problème… Finalement, Mélie et Marcel ont réussi à l'éloigner. Et les enfants ont pu se dire au revoir tranquillement. Ils ont caressé ensemble le petit chat Léon, en s'effleurant doucement les mains, sans dire un mot. Et le chef de gare a sifflé le départ. Ils sont tous restés plantés sur le quai, à regarder partir le train, jusqu'à ce qu'il ait disparu. Marcel et Mélie ont pensé qu'ils ne seraient peut-être plus là, la prochaine fois que… Leurs regards se sont croisés. Tu penses à ça, toi aussi ? Mais ils ne se sont rien dit. Et Fanette a repris les choses en main. En se dépêchant, on pourrait arriver avant la fermeture du marché. Tu viens avec nous, Marcel ? T'as besoin de rien ? Bon, alors on file. Allez les filles, en voiture !

De retour chez lui, Marcel pose son dictaphone sur la table. Des souvenirs se bousculent. En désordre. Il ne sait plus où donner de la tête.

Il finit par se décider et note sur un papier : *Pour Clara et Antoine. Dernier jour d'école. Fin juin 1943.*
Clic. Rec.
Enregistrement.

L'instituteur s'appelait M. Le Floch. Toujours en blouse grise. Impeccable. Boutonnée jusqu'en haut. Même à la remise des prix. Il parlait en appuyant sur certains mots, comme ça…
— *Et* mainte*nant, comme chaque fin d'année, mes* très chers *élèves et* très chers *concitoyens, j'ai gardé le meilleur pour la fin. Marcel et Fernand !* Montez donc

me rejoindre sur l'estrade, qu'on vous voie bien, mes garçons, une dernière fois. J'ai eu beaucoup de mal à vous départager, petits chenapans ! Mais j'ai fini par trancher. Je vous décerne donc, à tous les deux, ex aequo, et pour l'ensemble de votre œuvre, le prix de Camaraderie ! Rien ne convenait mieux, n'est-ce pas ? J'espère sincèrement que vous rencontrerez dans vos activités futures la possibilité d'employer votre unique mais incontestable talent de pitres, et que vous en ferez profiter autour de vous, avec le même enthousiasme que vous en avez mis ici, à distraire et même, à dissiper quelquefois vos camarades, durant votre si... calamiteuse scolarité. Néanmoins, je vous souhaite, en deux mots comme en cent : bonne chance, mes garçons !

Ce qui nous a vraiment plu dans son discours, c'est qu'on a senti qu'il avait pris du plaisir à faire cette longue phrase, toute tordue et alambiquée, comme il les affectionnait si particulièrement. Et celle-là, il l'avait tournée en notre honneur, à Fernand et à moi. Ça nous a rendus fiers.

On est partis avec notre prix sous le bras et le certificat d'études en poche. On s'est présentés à la menuiserie. Et le patron nous a embauchés. Comme apprentis. On venait à peine d'avoir treize ans.

Mais ça y était. On était des hommes.

On est rentrés chez nous, pour annoncer la bonne nouvelle.

C'était du sérieux, maintenant.

Finie la rigolade.

31

À bi-cy-clet... te

Deux gobelets en carton et un fil. Clara en haut dans la cabane, à un bout. Fanette assise par terre, au pied de l'arbre, à l'autre. Elles se parlent. Clara ne dit pas qu'elle est triste qu'Antoine ne soit plus là. Elle dit juste qu'elle a envie de passer la journée dans l'arbre. Avec Léon, qui est trop mignon. Qui la fait rire, à sauter partout dans les branches. On dirait qu'il est né dans un arbre. C'est possible, ça, qu'il soit né dans un arbre ? Qu'une chatte fasse ses petits dans un arbre ? Chats perchés ! C'est peut-être possible, alors... Et les gens ? Tu crois qu'on peut vivre dans les arbres aussi, nous les gens ? Dormir, manger, lire, écrire... tout ça d'accord. Mais si on a envie d'aller aux toilettes, on fait comment ? Ah bon ? Comme les oiseaux ?... Ah, d'accord... Non, je n'ai pas envie d'essayer. Je préfère descendre.

Elle descend. Et puis elle remonte, en emportant de quoi manger, boire, lire et écrire. Elle dit qu'elle redescendra ce soir, pour le dîner.

Plus tard, quand Mélie passe près de l'arbre, elle l'appelle. Mélie prend le gobelet. « Allô, oui ? » Clara lui demande comment faire pour apprendre à Léon à ne pas chasser les oiseaux. « Je crois que ça va être difficile », répond Mélie. Mais elle lui dit qu'elle va essayer de trouver des râteaux à feuilles, ceux en forme d'éventail… on les fixera aux branches, pour l'empêcher d'atteindre les mangeoires. Ça sera déjà ça. « Merci, Mélie. À ce soir… – D'accord, mon petit oiseau des îles. »

Fanette, pendant ce temps-là, trie la paperasse. Ce que ne fait que très rarement Mélie. Qui dit préférer occuper son temps à des choses plus importantes. Qui l'intéressent plus, pour être clair. C'est vrai que si on considère que son temps est compté, c'est plutôt normal. Mais, même sans cette très bonne raison, elle n'a jamais aimé ça. Contrairement à Fanette. Qui trie comme certains font la vaisselle. En ne pensant à rien. Un vrai moment de détente. Elle fait ses piles. Électricité, téléphone, assurance, retraite, Sécurité sociale, divers. Celle qu'elle retriera plus tard. Tiens, des enveloppes non décachetées. Mélie a dû les oublier. Elle ouvre la première. Une pub. Hop, poubelle. L'autre…

Elle hésite… et puis, elle la pose sur la pile « divers ».

Ça y est. Elle n'a plus envie de ne penser à rien. Alors elle sort.

Mélie, qui est en train de biner autour des salades, la voit arriver. Elle se redresse.

– Ça va ?

– Oui, ça va. Sauf que j'étais en train de trier tes papiers…

– Ah oui ?…

– T'exagères, Mélie. C'est trop le bordel.

– Mais je n'ai pas eu le temps de…

– Tu dis ça chaque fois. Et là, il y a même du courrier que tu n'as pas ouvert !

– Ah, c'est vrai… Et… tu l'as ouvert ?

– Oui, j'ai commencé…

Aïe. Mélie se remet à biner, très vite.

– … mais j'en ai eu marre. Je finirai tout à l'heure. Là, j'ai envie d'aller faire un tour à vélo. Tu viens ?

– Oh, tu sais, moi… le vélo…

Fanette pédale énergiquement. Encore un peu et elle arrive sur du plat. En roue libre un moment… Elle se met à chantonner…

> *Quand on partait de bon matin*
> *Quand on partait sur les chemins*
> *… à bi-cy-clet… te*
> *Nous étions quelques bons copains*
> *Y avait Fernand, y avait nana*
> *nana-nana-nana-nana*
> *… et puis Pau-let… te*.*

Et puis Fanette pense à Gérard.
Qui va arriver un peu plus tard

------

* « À bicyclette », paroles de Pierre Barouh, musique de Francis Lai, © éditions Saravah-éditions 23.

… à bi-cy-clet… te
Après sa journée de boulot
Il va lui rouler un gros palot
Et ça s'ra bien, et ça s'ra beau
C'est vraiment chouet… te…

Fanette redonne un dernier coup de pédale pour prendre de la vitesse. En abordant la descente. Elle sourit toute seule.

Roue libre. Cliclic, cliclic, cliclic, cliclic…

32
Marcel, apprenti menuisier

Dictaphone.
Clic. Rec.
Enregistrement.

À la menuiserie, Fernand et moi, on a fait la connais-sance de Raymond. Il était arrivé quelque temps avant nous. On est devenus tout de suite copains. On avait le même âge, alors forcément, ça crée des liens. Les autres, c'étaient des vieux croûtons. Ils travaillaient là depuis des dizaines et des dizaines d'années ! Mais, dans le fond, ils étaient pas si vieux. C'est juste qu'à treize ans, on trouvait que les gars de vingt, c'étaient déjà des crou-lants. Notre patron, un vieillard donc, d'une quaran-taine de piges, s'appelait Jean. Pas un tendre. Mais pas un méchant, non plus. Un mec qui avait de la justice. Et ça, on pouvait dire qu'on avait de la chance. Parce que c'était pas partout pareil. Les apprentis, c'était de la main-d'œuvre pas chère, alors on les traitait un peu comme des esclaves, en général… Ben, là, non. Tout le monde était à égalité, chez Jean. Les premiers jours, il nous a expliqué le travail, et puis il nous a laissés nous organiser tout seuls. Pour voir… Et il a bien vu qu'on était pas des feignants, qu'on rechignait pas à la tâche. Il a apprécié. On faisait vraiment une bonne équipe, tous les trois. Fernand, Raymond et moi. On se tenait les coudes. On était solidaires, quoi. Et il respectait ça, Jean, la solidarité. Et comme, en plus, on apprenait vite, il nous avait à la bonne.

Il disait souvent en se marrant : « À vous trois vous faites la paire. »

Alors on se marrait avec lui. Malgré qu'on ne savait pas bien ce qu'il y avait de marrant, là-dedans…

On venait tous de familles nombreuses. Chez Fernand, ils étaient dix, chez Raymond, sept et chez moi, neuf. Ça faisait du monde aux heures des repas. Déjà, en temps normal c'était un peu juste, mais là, avec la guerre, on faisait maigre plus souvent qu'à notre tour. Et on ne pensait qu'à ça, à manger, nous autres. On était en pleine croissance, aussi. Alors, pour combler les manques on chapardait un peu, par-ci, par-là, ce qu'on pouvait. Oh, rien de bien méchant, hein. Des fruits dans les vergers, et des œufs, dans les poulaillers. On les gobait tout chauds sortis du cul des poules. Un vrai délice ! Ça aurait pu nous coûter un coup de fusil, dans le nôtre… de cul ! Mais on se croyait invincibles, depuis qu'on était en bande. Sauf que c'étaient des conneries. On était invincibles de rien du tout ! Et un matin, on s'est fait griller. Par notre patron, en personne. Et dans le verger de la cure, par-dessus le marché. Il nous a regardés comme ça, la tête un peu penchée, du genre qui réfléchit, et puis il est reparti, sans rien dire. On avait le trouillomètre à zéro.

On s'est présentés au boulot la tête basse, ce matin-là. Mais il a rien dit. On a attendu toute la journée. Il a pas pipé un mot. Il nous a laissés mariner. Et on a travaillé en silence, sans même se regarder entre nous. Tout péteux, qu'on était. Le soir, les ouvriers partis, il est venu nous voir. On avait les genoux qui faisaient bravo. Il a dû remarquer. Il nous a fait asseoir. Et puis il a dit qu'il avait à nous parler sérieusement. Qu'on était assez grands pour comprendre. « Mes p'tits pères… Alors, comme ça, vous aimez les fruits ? C'est bien, ça. J'en déduis que vous connaissez bien les vergers de la région ? Celui du père Boitard, par exemple, sur la route du Noyer ? Vous savez duquel je veux parler ? À la sortie du village. Bien à l'abri des regards. Beaucoup plus pratique que celui du curé. Il suffit d'en mettre un à surveiller la route, et c'est tranquille… Alors, faut m'expliquer, là. Vous préférez quoi ? Rester des p'tits trouducs qui font pas la différence entre ce qui est bon et ce qui l'est pas, ou vous voulez finir entre deux gendarmes ? Parce que, faut vous tenir un peu au courant, les gars. Le curé, il est peut-être bon pour dire la messe, mais… pour le reste, attention danger ! J'en connais qui regrettent encore d'être allés se confesser, si vous voulez savoir… Boitard, lui, vous risquez pas de le croiser. Il a choisi de partir à Vichy. Alors lui prendre ses fruits, c'est lui dire ce qu'on en pense, d'une certaine façon… »

On était babas. On n'avait jamais imaginé une chose pareille ! Le Jean, notre patron, était en train de nous

expliquer comment et chez qui aller pour piquer !
C'était la révolution dans nos têtes !

« Mais au fait, mes petits pères, vous savez ce que
c'est, la Résistance, au moins ? » Nous, on ne savait pas
trop. C'est vrai qu'on était encore des p'tits trouducs…
Alors, on a fait non de la tête. Et il nous en a parlé, de
la Résistance, et du maquis, et tout ça… On avait les
oreilles grandes ouvertes. Il parlait bien. Il nous regardait droit dans les yeux, le Jean. D'homme à homme. Et
il répondait à nos questions, sans nous prendre pour des
petits merdeux. Il nous considérait. Et on ne connaissait pas ça.

Alors, c'est sûr, on était conquis.

À la fin, il s'est levé et il a dit : « Alors motus et
bouche cousue, hein. Je compte sur vous, les gars.
À d'main. »

Le lendemain, on a repris le travail, comme d'habitude.

À la seule différence que, de ce jour-là, on lui mettait
en cachette dans sa besace une poire ou une pomme.
Qu'on piquait dans le verger du père Boitard.

Nos premiers pas dans la Résistance…

Et nom de nom ! Ils avaient un goût de liberté, ces
fruits-là ! Comme jamais, depuis, j'ai retrouvé…

33

Qui ça, moi ?

Antoine est au téléphone. Il laisse sonner long-temps. Personne ne répond. C'est chiant. Il refait le numéro. Ça fait pareil. Il laisse tomber.

Ses grands-parents lui disent qu'ils sont patraques. Que ça doit être à cause du temps. Il ne comprend pas ce que le temps a à voir, mais ne demande pas plus d'explications. Il est juste un peu triste. Alors, il les laisse devant leur série à la télé, et monte au grenier. Là, il pense à Clara. Et aussi à Léon, le petit chaton. Qui est si mignon… Mais comment un si petit chat a bien pu arriver jusqu'à la cabane dans l'arbre ? C'est dingue, quand même. La maison de Mélie, elle est loin des autres maisons. Il a dû faire des kilomètres à pattes, pour arriver là. Tout seul. Et avec tous les dangers. Les chiens, les vaches, les renards, les voitures, les sangliers. Il aurait pu se faire écraser, ou être mangé ! C'est carré-ment horrible ! Il est peut-être traumatisé… Et puis, il a peut-être des phobies, maintenant ? Tiens, pourquoi ça serait pas possible que les animaux, ils aient des trucs comme les gens ? Comme la phobie des araignées, par exemple… En tout cas, moi, je suis guéri. La preuve, je peux regarder celle qui a tissé sa toile juste au-dessus du tourne-disque sans crier, et sans avoir de la sueur qui me coule dans le dos. C'est quelle sorte, celle-là ? Une épeire, une thomise, une veuve noire ? Ou une mygale ? Ah non, quand même… faut pas exagérer. En tout cas, le pauvre Léon, ça serait drôlement embêtant pour lui, s'il était phobique des araignées. À la campagne, y en a vraiment à tous les coins de rue.

Clara a dit qu'en espagnol « *leon* » ça veut dire « lion ». C'est bien pour un chat. C'est un peu un mini-lion, c'est vrai. Si jamais Marcel s'est trompé et que Léon c'est une fille, ça sera pas compliqué ! On aura juste à ajouter un *e* au bout, et ça fera Léone…

Il redescend du grenier. Refait un numéro de téléphone. Ça sonne. Il attend.

– Allô, papa ?

– Qui parle ?

– Ben moi…

– Qui ça, moi ?

– Antoine.

– Mais comment veux-tu que je sache que c'est toi, si tu dis juste « c'est moi » ?

– Ben j'ai dit « allô, papa » avant…

– Ah ? Bon. Dis-moi vite ce que tu veux, je suis super occupé, là.

– Je voulais savoir quand est-ce que tu venais.

– Ah, d'accord. Ça va être un peu compliqué, tu sais. Je te rappelle ce soir.

Antoine soupire.

Il prend une canette de Coca dans la cuisine et va s'installer sur le canapé entre ses deux grands-parents. Qui regardent leur série préférée à la télé.

En mangeant des chips et des bretzels.

C'est bon des fois, les trucs nuls.

Et ça sert bien, quand on veut plus penser à rien.

34

Des confitures

Gérard est arrivé chez Mélie, mais personne n'est venu l'accueillir. Il les a trouvées dans la cuisine, toutes les trois tellement occupées qu'elles ont à peine remarqué sa présence. Mélie avait réussi à convaincre Clara de descendre de son arbre, Fanette de son vélo. Et les avait embauchées pour l'aider à faire les confitures. De prunes. Elles en étaient à remplir les bocaux et à se lécher les doigts. Très concentrées. Il restait à rédiger les étiquettes. Gérard s'est proposé. Il a une belle écriture. C'est très rare pour un médecin.

Après ça, ils ont dîné dans le jardin. À part Gérard, personne n'avait très faim. Le jour des confitures, on picore aux repas. C'est comme ça. Et puis ils ont eu froid. Ils sont allés chercher des gros pulls. Les commentaires ont suivi.

« Un temps de fin d'automne en plein été, on ne sait plus comment s'habiller… En effet, force est de constater qu'il n'y a plus de saison… Ça va foutre un sacré bordel dans les cycles de migration et de

reproduction… Ah ben, ça a déjà commencé !
L'année dernière, les grues sont parties en octobre, et
elles sont revenues en janvier ! T'as qu'à voir… »

D'un coup, ils ont tous levé le doigt et le sourcil en
même temps ! Et puis ils ont penché la tête sur le
côté, pour mieux écouter… « Oh ?… vous avez
entendu ?… Ça vient de par là, on dirait… Ah, ça
recommence… » Et ils ont entendu le brame. Bonne
nouvelle, donc. Les cerfs se foutaient – pour l'instant
en tout cas – des bouleversements climatiques.
Fanette s'est serrée contre Gérard et Clara contre
Mélie, et ils ont décidé de marcher jusqu'au bois, d'où
provenaient les cris. C'est étrange, le brame. Ça fas-
cine et ça fait peur. Ça a quelque chose de presque
humain. Un son de souffrance. Qui viendrait de très
très loin. D'un autre âge. Des profondeurs des
entrailles… Mélie a dit que ça lui glaçait le sang. Et
Clara a essayé d'imaginer du sang glacé. Un cornet…
une boule rouge… arôme hémoglobine ! Drôle
d'idée ! Mais c'est pas évident, les expressions ! Surtout quand le français n'est pas sa langue maternelle,
bien sûr.

Et puis d'un coup, il s'est mis à pleuvoir très fort.
Gérard a dit à Clara, en rigolant :
– Tu la connais celle-là ? Il pleut comme vache qui
pisse !
Clara a crié :
– Oh ! C'est dégoûtant !

Et ils se sont tous mis à courir pour se mettre à l'abri, en criant à tue-tête dans la nuit : « Yeux de merlan frit ! Chair de poule ! Pisser dans un violon ! Bouche en cul de poule ! Un chat dans la gorge ! Le cœur sur la main ! L'estomac dans les talons ! De la confiture aux cochons ! Le cul bordé de nouilles ! »

Oh, Gérard ! C'est trop dégueu, là...

Vraiment.

35

L'ange

Il ne se rappelle même plus depuis quand il a commencé à parler tout seul, dans le dictaphone. Il a perdu le compte. Et sa montre s'est arrêtée. Sur le chiffre sept. Mais sept heures, c'est sept heures du matin, ou sept heures du soir ? En regardant le ciel, il pourrait le dire. Ou le sol, à la longueur des ombres. Mais ça ne l'intéresse pas pour l'instant. Il a des choses plus importantes à faire que de savoir l'heure. Il garde ses volets fermés. Comme ça il ne sera pas dérangé. Et puis, il y a toujours Pépé qui vient de temps à autre frapper à sa porte. Toc toc toc. Le code pour : « Tout va bien ? » En général, Marcel répond par un grognement. C'est court, ça évite d'entrer dans les détails et ça rassure. Il lui doit bien ça. C'est un bon gars, l'Pépé.

Pour le moment, il ne veut pas risquer d'interrompre le flot de ses souvenirs. Il n'imaginait pas que ça pourrait faire autant de bien, de raconter toutes ses histoires. Il se sent plus léger.

Un peu comme s'il posait ses bagages.

Clic. Rec.
Enregistrement.

J'ai vingt et un ans. Ma perm tombe en même temps que celle de Fernand, pour une fois. On est contents. Ça fait des mois qu'on ne s'est pas vus. On fait pas notre service dans le même régiment. Samedi soir, on décide d'aller faire la fête. On va au bal. Et là, je la revois. Ça me chamboule autant que la première fois. Quelques jours avant le bal. Le jeudi, j'crois bien que c'était. Je l'avais vue qui passait à vélo, avec ses copines, sur le chemin près de la cabane. J'avais pas bien compris ce qui m'arrivait, déjà ce jour-là. Rien que de la voir, j'en avais eu le souffle coupé et les jambes en coton. Mais là, j'ai vraiment l'impression d'avoir reçu un coup de massue sur le crâne. K.-O. debout. Comme à la boxe. Fernand le voit bien. Ça le fait rire. Il se moque. « C'est vrai qu'elle est jolie, mais c'est pas Miss France non plus ! » J'entends à peine la suite. Il doit être en train de faire un commentaire sur la taille de sa poitrine. Il préfère les filles à gros nichons, lui. Mais je suis devenu comme sourd. J'entends même plus la musique. Je ne vois qu'elle. Avec sa robe bleu et blanc. Qui sourit au milieu de ses copines. Je sais qu'elles sont là, mais je ne les vois pas vraiment. Et puis je sens que Fernand me prend le bras, il me secoue. Je l'entends vaguement dire qu'il va aller lui demander comment elle s'appelle. « Ah non, Fernand ! Le fais pas ! » Mais je ne peux plus bouger. J'ai même pas la force de le retenir, de l'empêcher d'y aller. Et puis, il revient avec elle. Il a son

petit sourire en coin, qui va si bien avec : « Tu vois,
Marcel, les filles, c'est pas sorcier. »

Ce jour-là, je ne l'ai pas vu, évidemment, mais je l'ai
bien senti quand il m'a cloué le cœur, l'ange avec son
arc et ses flèches.
En plein dans le mille, il l'a mise, sa flèche.
Et elle s'est logée si profond qu'elle en est jamais res-
sortie.

Toc... toc toc... Un temps. Et puis... toc... toc
toc...

Le code pour les messages urgents.

– Oui, Pépé ?

– Il y a oune pétite garçonne qui a téléphoné plou-
siors fois. Antonio, c'est ça... Yé crois qué c'est
immeportante.

– Ah oui. Merci bien, Pépé.

Là, d'accord. C'est urgent.

– Allô, Antoine ?

– Ah, Marcel ! Je suis drôlement content que tu
me rappelles !

– Qu'est-ce qui t'arrive, mon p'tit bonhomme ?

– Ben rien. Je voulais juste parler, c'est tout. Tu
sais, mon père n'a pas pu venir me voir, à cause de son
travail. Et puis mes grands-parents, ils sont patraques
en ce moment, à cause du temps.

– Qu'est-ce qu'il a de spécial, le temps, par chez
vous ?

– Je sais pas. C'est eux qui disent toujours comme
ça. Au fait, Marcel ! Clara t'a raconté pour Léon ? Le

vétérinaire a dit que c'était une fille ! On n'aurait pas cru, hein ? Moi je trouvais vraiment, comme toi, qu'il avait une tête de garçon, ce chat-là.

– Ah ben, je me serais trompé ? Ça m'étonnerait, quand même. C'est lequel de vétérinaire qu'a dit ça, d'abord ?

– C'est pas grave, Marcel. On va juste rajouter un *e* au bout. Ça fera Léone. En espagnol, ça veut dire « lion ». C'est encore mieux, tu vois !

Marcel est vexé. Mais si ça se trouve… le vétérinaire s'est trompé ! Ça peut arriver. Parce que ce n'est pas si facile que ça de déterminer le sexe des chats, quand ils sont si petits. Et personne n'est à l'abri d'une erreur…

En y repensant, il se dit qu'il n'avait pas pris ses lunettes, ce jour-là.

Ça n'a pas dû aider. C'est sûr.

36

Grand nez

Clara couche Léon dans son panier. Elle n'arrive pas à l'appeler Léone. George Sand, elle avait bien un nom de garçon ? Alors, pourquoi pas Léon ?

Elle gratte à la porte de la chambre de Mélie.

— Entre, ma chérie.

— Je peux dormir avec toi, dis ?

Mélie sourit. Clara se glisse sous l'édredon.

— Tu sais, je vais téléphoner à Antoine demain pour lui dire que ça serait bien de faire comme George Sand, pour Léon. Un chat-fille avec un nom de garçon, ça va, non ? Tu crois qu'il va trouver ça bien ?

— Oui. J'en suis sûre.

— À quelle heure il arrive demain, Bello ?

— Il a dit en fin de matinée. Donc, ça ne sera pas avant le milieu de l'après-midi…

— Ouais. Comme d'hab.

Elles se marrent.

Mélie éteint la lumière. Une fois dans le noir, Clara se met à chuchoter…

— Tu laisseras Léon dormir dans ta chambre, pendant que je serai partie ?

— D'accord.

Elle laisse passer un temps, avant de demander…

— Dis, Mélie, est-ce que tu trouves que je suis jolie ?

— Oui. Très très jolie.

— Mais… si j'avais un nez plus petit, ça serait mieux, non ?

— Ah non, pas du tout !

— Mais les autres, ils préfèrent ?

— C'est possible. Mais il ne faut pas trop s'occuper du goût des autres, tu sais.

— Antoine, il dit que je suis belle.

— C'est un garçon formidable !

— Et c'est quoi la différence entre jolie et belle ?

— Ben… jolie, c'est facile. Il n'y a rien à faire. Juste à en profiter.

Mélie prend une inspiration, avant de continuer…

— Alors que la beauté, c'est un peu comme un jardin. Pour qu'il donne des fleurs et des fruits, il faut y travailler, planter des graines, mettre du fumier aux pieds des rosiers…

— Ah, ouais…

— Bon. Il faut dormir, maintenant.

— D'accord.

Clara chantonne… *Buenas noches abuelita, mi tan querida mamita, guapita Mélie…*

Mélie est ravie. Elle comprend tout.

« Bonne nuit, petite grand-mère, ma si chérie petite mère, jolie Mélie. »

C'est comme une poésie, à son oreille.

182

Juste avant de glisser dans le sommeil, Clara murmure encore…

— Je suis sûre que t'aurais dit pareil, si j'avais eu un petit nez…

— C'est vrai, mon ange. Mais là, ça tombe bien, je préfère vraiment les grands.

— Ah…

Et Clara s'endort en souriant…

37

Mes chéris

Bello est arrivé en fin d'après-midi. En voiture sept places. Il fallait bien ça, pour emmener tout son petit monde. Sa contrebasse qui prend deux places, ses trois filleuls, sa copine Maggie, qu'il a rencontrée il y a quelques jours, et lui-même. Pour trois jours de festival, dans un beau village médiéval. On lui a prêté la voiture et une grande maison. Il a décidé d'en profiter pour emmener les petits quelques jours en vacances.

Il prend son rôle de parrain très au sérieux, Bello.

Il était déjà tard, pas trop le temps de traîner. Clara a vite embrassé Mélie, et ils se sont mis en route.

Comme ils passaient devant la maison de retraite, Clara en a profité pour demander à Bello de s'arrêter une minute. Ça faisait plusieurs jours que Marcel n'avait pas donné de nouvelles. Et elle voulait voir si tout allait bien. À l'entrée, Pépé lui a expliqué le code : Toc… toc toc. Espera, y otra vez : Toc… toc toc.

Marcel, inquiet d'entendre pour la deuxième fois en deux jours le code pour les urgences, a ouvert sa porte directement. Et il a été vraiment très surpris de voir Clara. Elle lui a dit qu'elle partait pour quelques jours. Que donc Mélie allait rester seule.

– Alors… si tu pouvais passer la voir, pendant ces trois jours, ce serait drôlement bien. Hein, Marcel ?

Il a grogné qu'il verrait ça… et Clara lui a sauté au cou.

– Merci, mon Marcel. Je savais que je pouvais compter sur toi ! À dans trois jours. Et… amusez-vous bien, mes chéris !

Elle est repartie en courant.

Et Marcel est resté sur le pas de sa porte.

Perplexe.

Mes chéris ?…

38

Enfin

Mélie rentre chez elle. Elle gare sa mobylette, la met sur béquille. La pluie tombe très très dru. Malgré son imper, elle est trempée. Elle court vers la maison. Au moment d'entrer, elle aperçoit un vélo appuyé contre le grand tilleul. Et à côté, allongé sur une chaise longue, Marcel. Il semble dormir. Elle s'approche. Il ne bouge pas du tout. Elle tend la main pour le toucher. Ses vêtements sont trempés. D'un coup, elle panique. Elle se met à le secouer, à le frapper, et elle crie...

– Marcel ! Lève-toi ! Reste pas comme ça ! Tu m'entends !

Il se réveille en sursaut.

– T'es complètement fou ! Qu'est-ce que tu fais là, sous la pluie ?

Il ne répond pas. Il grelotte. Elle l'aide à se lever et l'entraîne vers la maison.

Elle le déshabille. Le frictionne pour le réchauffer.

Maintenant, ils ont tous les deux le rose aux joues. C'est la chaleur du poêle et le petit verre de ratafia qui

commencent à faire leur effet. Ils rient pour un rien.
Ils sont idiots.

La nuit tombe. Ils dînent.

Et puis, elle l'aide à enfiler sa chemise de corps qui
a fini de sécher. Remarque encore une fois le tatouage
qu'il a sur la poitrine. Il fait le mystérieux, quand elle
lui demande d'en parler.

Il est tard. Ils vont se coucher.

Mélie s'arrête devant la porte de la chambre de
Marcel, lui souhaite bonne nuit. Il hésite… finit par
l'appeler…

« Mélie ?… » Elle passe la tête par la porte. « Oui ?
– Tu voudrais pas qu'on parle encore un peu ? »…
Cette fois c'est elle qui hésite. Et puis : « Oui. Si tu
veux. » Elle entre. S'assied sur le bord du lit.

Ils se sourient.

Ils ne savent ni l'un ni l'autre par quoi commencer.
Alors ils restent silencieux un petit moment.

Et Marcel dit : « Va donc chercher tes lunettes,
Mélie. J'aimerais bien que tu me lises quelque
chose. »

Et maintenant, elle est penchée au-dessus de lui.
Mais elle a du mal à lire ce qui est écrit sur la poitrine
de Marcel.

Dans le cœur tatoué.

L'encre est assez délavée.

– … À… Meee… ah non, il y a un accent…
Mééé… llll… lie… pour… la… vieee. Voilà, c'est ça :

À Mélie, pour la vie… Mélie ? Mais c'est incroyable, ça ! Tu ne m'avais jamais dit que tu avais connu une autre Mélie !

– Ben non.

– Comment ça, ben non ?

– Ben, j'en ai pas connu d'autre.

– Mais… ?

– C'est comme ça…

– Et tu l'as depuis combien de temps, ce tatouage ?

– Cinquante-sept ans.

– Mais… tu l'as fait quand ?

– Pendant mon service militaire.

– Alors… tu avais vingt et un ans…

– Oui. Et toi, presque seize…

Ça y est. Elle comprend.

– Tu ne m'as jamais dit, Marcel…

– Non…

– Mais pourquoi ?

– Fernand…

– Il savait ?

– J'sais plus.

– Dis pas de bêtises. Il savait, forcément.

– Il était amoureux.

– Mais… après toi !

– J'sais plus. C'est loin…

– On aurait dû s'écrire, on se serait revus, tu m'aurais dit…

– Qu'est-ce que ça aurait changé ?…

Elle se lève, d'un coup. La gorge serrée.

– Tu as dû souffrir. Et ta femme ? Andrée ? Ce tatouage, avec le nom d'une autre, ça devait être…

– Ça n'a rien à voir. Ça n'a pas marché, entre nous. On pouvait pas savoir d'avance. Mais il y a eu d'autres femmes, dans ma vie. Beaucoup. J'ai aimé et j'ai été aimé. Juste que le grand amour, ben pour moi… ça a été toi. Et que tu ne l'as jamais su. Voilà. C'est tout.

Elle vient se serrer contre lui.

Pour la première fois, elle embrasse sa poitrine, son cœur, le cœur tatoué. Et il la caresse, caresse ses cheveux, la serre contre son cœur tatoué.

– Mais pourquoi maintenant ?

– Ça aurait été trop con de mourir sans te l'avoir dit, non ?

39

Le lit de Mélie

Le lendemain matin, le lit de Mélie aurait pu raconter que…

… La lune était haute, et éclairait déjà mon pied, quand Mélie est entrée dans la chambre. Elle s'est allongée, puis s'est glissée entre mes draps en soupirant d'aise, comme elle faisait toujours. Mais j'ai immédiatement senti qu'il se passait quelque chose. Elle paraissait plus légère. Et surtout, malgré l'heure tardive, elle n'avait pas sommeil. C'est ce qui m'a mis la puce à l'oreille… (à l'oreiller, en l'occurrence ?… je plaisante, bien sûr !). Il se préparait quelque chose… Quelques minutes plus tard, en effet, un homme est entré dans la chambre. Le cœur de Mélie s'est mis à battre plus fort. Je l'entendais cogner jusqu'au fond de mon sommier. Puis l'homme s'est approché, et s'est allongé près d'elle. Son rythme cardiaque m'a semblé lui aussi anormalement élevé. Pendant un petit moment, ils n'ont pas bougé, n'ont rien dit, juste leurs cœurs qui battaient la chamade. Et Mélie a fini par murmurer son nom. « Marcel. » Moi, je n'ai connu qu'un seul homme, et il s'appelait Fernand. Alors, évidemment, ça m'a fait drôle. Surtout après toutes ces années. J'avais eu le temps de m'habituer à la solitude de Mélie. Et aux quelques visites de Clara. Petit ange ! À peine plus lourde qu'une plume ! Mais là, d'un coup, un étranger ! Après tout ce temps, j'avais quand même mon mot à dire. La surprise passée, j'étais prêt. Dès qu'il a bougé, j'ai grincé. Juste un peu. Par principe. Avec l'âge, on devient susceptible. Surtout dans la literie. Je ne sais pas à quoi ça tient. Mais c'est comme ça… En tout cas, mon grincement les a fait rire. Ça m'a fait plaisir.

Quand l'humour se marie à l'amour, c'est le nirvana, n'est-ce pas ?

Puis ils ont parlé.

Mélie a commencé, en disant : « Marcel, tu crois que… ? »

Et Marcel a continué : « … que ça pourrait être une histoire sans lendemain ? Vu ce que nous sommes en train de faire subir à nos vieux cœurs fatigués, c'est possible, Mélie. C'est tout à fait possible. »

Ils ont encore bien ri.

Et moi aussi. Intérieurement, il va sans dire.

La nuit s'annonçait gaie.

Je ne dirai rien sur la suite. Par discrétion.

Tout de même, une petite chose. Ils ont remarqué que je n'avais plus beaucoup de ressorts. Là, j'avoue avoir frémi. Ce genre de constatation entraîne forcément des catastrophes… Mais Marcel a dit qu'il allait regarder mon sommier de plus près, un de ces jours. J'ai bon espoir. C'est un sacré bricoleur, Marcel…

Ce matin, quand ils se sont levés, je suis resté très discret.

À peine un petit couinement…

… Mon hommage du matin, monsieur, madame…

40

Et maintenant…

Qu'est-ce qu'on va faire, maintenant ?

La question plane au-dessus de la table du petit déjeuner. Ni l'un ni l'autre ne l'a encore formulée, mais ça ne saurait tarder.

Et Mélie brise le silence.

– Marcel, est-ce que… ?

– Non, attends !

– Comment ça… attends ?

– Je pense qu'il vaut mieux réfléchir encore, avant de…

– Avant de reprendre du café ?

– Ah ! Je croyais que tu allais parler de…

– De ce qu'on va faire, maintenant, nous deux ? Mais je suis d'accord avec toi, Marcel. Il faut encore réfléchir. Non, c'est vrai. On se connaît depuis quoi ? Cinquante-sept ans ? C'est à peine plus d'un demi-siècle. Ce n'est pas suffisant pour être complètement sûr de ses sentiments… De toute façon, ce serait faire preuve d'une grande immaturité que de se jeter la tête la première dans une histoire comme celle-là, sans se donner le temps d'une plus longue et plus profonde réflexion. Et puis imagine seulement qu'en fouillant un peu, l'un de nous découvre par hasard que l'autre est malade… et que ses jours sont comptés… enfin, peut-être… on ne sait pas. Ce serait très décevant, tu ne crois pas ? Quel avenir pourrait-il encore imaginer ? Quelques mois de bonheur, tout au plus ? Ça ne vaut pas le coup de chambouler sa vie pour si peu… Non, non. Tu as mille fois raison, Marcel. Attendons encore.

– Ah ! C'est parfait. Nous sommes d'accord. D'autant plus qu'aujourd'hui, c'est encore un peu dimanche. Alors pour prendre rendez-vous demain matin chez notre cher docteur Gérard, et passer dans la foulée à la mairie pour la publication des bans, ça nous laisse encore largement le temps de réfléchir.

– … des bans ?

– Ben oui. Parce que je crois bien qu'il va falloir passer directement devant le maire. Et sans tralalas, ni rien. Comme ça, si jamais tu devais clapoter avant moi, j'hérite ! De tout ! De la maison, de la fille médecin et de la petite Clara ! Et aussi… du tandem, du chat Léon, des confitures de prunes et des poires au vinaigre…

Mélie rit.

– Moi qui croyais à une belle histoire d'amour…

– En attendant, on pourrait peut-être aller s'allonger un peu, non ? On papote, on discute, et pendant ce temps-là on n'est même pas en train d'essayer de mieux se connaître. C'est ballot…

Mélie minaude.

– J'aurais préféré tomber sur un homme un petit peu moins porté sur la chose… D'un autre côté, je n'ai pas vraiment eu le choix, non plus…

– Dépêche-toi, ma Mélie. On perd du temps, là !

Plus tard, sur l'oreiller.

Mélie a expliqué à Marcel pourquoi elle n'a pas eu envie jusque-là de savoir ce qu'elle avait… *Tu vois, Marcel, j'ai l'impression que ça m'occuperait trop l'esprit. Au lieu de profiter du temps qui reste…* Et ses raisons de ne pas en avoir parlé à Fanette… *Je ne voudrais pas, si ça tournait mal, qu'elle se sente responsable, où qu'elle soit obligée, par la force des choses, de devenir la maman de sa maman. Tu comprends ?…* Et puis, elle a un peu tapé sur la médecine en général. Les oreilles de Gérard ont dû siffler… *Même s'ils essayent de nous le faire croire, on sait bien qu'ils ne peuvent pas tout savoir, les pauvres ! Rien que de se tenir au courant de toutes les découvertes, il faudrait qu'ils y passent des heures, tous les jours ! C'est impossible. Et puis, de toute façon… j'aime pas qu'on décide à ma place. C'est comme ça. Ça me donne l'impression d'être une pauvre petite ouaille ! Tu me connais, Marcel, je ne supporte pas, c'est tout…*

Elle a parlé de l'hôpital. *Ah non, j'aimerais vraiment pas finir là…*

Et de la possibilité de choisir sa mort.

C'est la première fois qu'ils abordaient tous ces sujets en même temps.

Il était ouvert, Marcel.
Mélie ne savait pas qu'il l'était autant.

Et puis ils ont parlé d'eux.

— Dire qu'il s'en est fallu d'un cheveu qu'on se passe à côté…

— Oui. C'est incroyable.

— Quand même… Ça me fait drôle. De penser que le même jour, je vais devenir tout en même temps, le mari de la femme que j'aime depuis plus de cinquante-sept ans en secret, le beau-père d'une jeune femme médecin, et le grand-père de Clara la merveille ! Ça va peut-être faire trop d'un coup… J'vais peut-être péter une durite !

— Hi hi hi…

En attendant, ça les fait bien rigoler…

41

Clara et ses cofilleuls*

– Et maintenant, qu'est-ce qu'on fait ?
– On attend.
– Quoi ?
– Que ça lève.
– C'est long, ça ?
– Pas trop.
– Un quart d'heure ?
– Plus.
– Une heure… ?
– Au moins.
– Ah. D'accord…

Maggie, c'est pas une bavarde.
Elle dit juste ce qu'il faut. Pas plus.

---

* C'est Bello qui a inventé ce mot-là. Pour que ses filleuls puissent s'appeler entre eux. Lui, il prononce : *fieul et cofieul*. Mais ce n'est pas obligé.

Ils ont attendu deux heures et demie, avant de mettre la miche au four. C'est long à faire, le pain.

Parce que avant ça, Bello est allé faire les courses avec sa bande de *fieuls*. Et il a réussi à s'embrouiller avec la boulangère. La seule de la région. Une grosse dame pas sympa du tout. En même temps… il a un peu tâté sa baguette, et il a dit : « Votre pain, c'est vraiment de la merde. » Alors évidemment, ça ne lui a pas plu, à la dame. Elle s'est mise à crier vers le fond de la boutique. « Hé, Marius ! Sors donc le nez de ton pétrin. Y en a encore un qu'aime pas ton tour de main, comme qui dirait !… – J'arrive ! »

Ils n'ont pas attendu. Ils ont détalé comme des lapins, Bello en tête. Ça les a bien fait rire. Et puis les mômes l'ont traité de « dégonflé ». Et il a pris la mouche.

– Alors ça, c'est typiquement le genre de truc qui me fout les boules ! Mais, si je me casse la main dans une bagarre à la con… finie la musique, finis les concerts ! Pendant des mois ! Vous vous rendez compte ? Plus de festivals, plus de thunes, plus rien ! De toute façon, vous pouvez dire ce que vous voulez, j'en ai rien à foutre. Parce que moi, j'ai vraiment le flair pour détecter les mauvais plans. Et là, le boulanger, je l'ai pas vu, mais j'ai bien senti à la voix que ça devait être une bête, le mec. Faites-moi confiance, on n'aurait pas fait le poids… Le flair, on l'a ou on l'a pas. Et moi, je l'ai. C'est tout.

Alors voilà. Maggie a fait du pain.

Et ça valait le coup. Il était vraiment bon, celui-là.

Le concert.

Clara parle au téléphone. Elle n'entend pas bien. « Quoi ?… Qu'est-ce que tu dis ?… J'entends rien… Je te rappelle après ! »

Elle rejoint Djamel, Youssou et Maggie. Il y a plein de monde. C'est gé-nial ! Ça leur donne des ailes, aux musiciens. Toute cette foule qui vient, juste pour eux.

Ils sont électriques.

Un peu les rois du monde…

Maintenant, c'est Bello qui attaque.

Solo. Il démarre tout doux. Effleure les cordes de sa contrebasse. Les trois cofilleuls se regardent en connaisseurs. Hé hé ! On dirait bien qu'il a envie d'éblouir Maggie, ce soir…

Et ça y est, c'est parti. Il joue animal. Sauvage. C'est d'la bombe, bébé ! Maggie est éblouie. Les enfants l'ont vu arriver. Mais ils connaissent. C'est pas la première fois qu'il fait le coup. Et puis, à force de côtoyer des musiciens, ils savent reconnaître. Quand ils décident de faire craquer une meuf. Ou un mec. Ils savent, quoi…

Djamel et Youssou ont treize et quatorze ans. Ils sont sensibles à ce genre d'arguments. Musicien, ça plaît aux filles. Ils ont choisi la guitare. C'est quand même plus facile à trimballer qu'une contrebasse…

Après le concert, Clara rappelle.

– Allô, Antoine, ça va ?

– Ben, mon grand-père est parti à l'hôpital, aujourd'hui. On sait pas combien de temps il va rester. Mon père vient me rechercher demain.

– T'auras plus de vacances, alors ?

– Ben oui…

– Et si tu venais ici ? C'est pas très loin. Et puis après, tu pourrais revenir avec moi chez Mélie. Je demande ?

– J'veux bien. Mais ça m'étonnerait que ça marche. Il est un peu à cran, mon père, en ce moment.

– T'inquiète, c'est la spécialité de mon parrain, les mecs à cran.

Bello a donc appelé le père d'Antoine.

Ça ne lui a pas pris long. Il a tout de suite trouvé sa corde sensible. Eh oui, c'était son rêve d'ado, à Lucien, de devenir musicien… Classique ?… Non, rock. Alors, d'accord, ils arriveront demain, dans l'après-midi… Ah, évidemment, qu'il restera pour le concert !… Attends, il adore le jazz manouche, justement ! Django ! Biréli ! Stochelo !… Et y a de la place pour dormir dans la maison ?… C'est cool !… Bon, à demain alors… Ouais, salut mec.

Clara a sauté comme un cabri.

Trop fort, son parrain de contrebande ! Vraiment.

– Allô, Mélie ? Antoine revient passer quelques jours avec nous !

– Ah ! Trop bien !

– Tu dis « trop bien », toi ? C'est marrant ça.

– Ah non, je n'ai pas dit ça !
– Ben si, Mélie, j'ai entendu…
– Mais non, voyons. J'ai dit : « Très bien. »
– Bon. Si tu veux…

42
Tango

Marcel est resté dans la salle d'attente, pendant la consultation. Gérard était très content de revoir Mélie. Il l'a auscultée. L'a trouvée en forme. Elle lui a demandé des nouvelles des enfants. Les garçons allaient bien. Ils s'étaient un peu calmés depuis… leurs fêtes… sans arrêt… et tout ce qui allait avec… l'alcool, le tabac, et tout ça… Ouh là ! Il avait eu peur. Mais ça y était. Tout était rentré dans l'ordre… Et Odile ? Ah, elle va beau-coup mieux. Figurez-vous, elle a décidé de reprendre ses études. À trente-cinq ans ! Pas facile, hein. Pour devenir sage-femme… Mais elle y arrivera. Elle a la pêche. Bon. Puisque vous vous portez comme un charme, je n'ai pas grand-chose à vous prescrire. Et ça tombe bien, n'est-ce pas ? Vous n'auriez rien pris de toute façon. Comme d'habitude. Ha ha ! Je vous connais, Mélie ! Donc, juste ces nouveaux examens. Pour approfondir la recherche de… ce qui nous inté-resse… Vous les faites aujourd'hui, n'est-ce pas ? Vous êtes à jeun ? Parfait. Je vous appellerai dès que je

recevrai les résultats. Ah, dites… pour Fanette ?…
Demain ?… D'accord.

Laboratoire. Mairie.

Et un petit tour à la maison de retraite.

Marcel arrose ses plantes, et range quelques affaires
pendant que Mélie prend son cours d'espagnol avec
Pépé. Il a beaucoup aimé les poires au vinaigre de la
dernière fois. Il lui demande la recette. Mais non, Pépé !
C'est un secret. Elle ne peut donner la recette qu'à ses
enfants et petits-enfants ! Mais elle en rapportera quelques pots, la prochaine fois. En attendant, Pépé chante,
en s'accompagnant à la guitare. Sa fiancée est repartie
en Argentine. Alors il chante un tango. Carlos Gardel.
Le dernier couplet. C'est le plus beau.

La noche que me quieras	La nuit où tu m'aimeras
Desde el azúl del cielo	Depuis le bleu du ciel
Las estrellas celosas	Les étoiles jalouses
Nos mirarán pasar	Nous regarderons passer
Y un rayo misterioso	Et un rayon mystérieux
Hará nido en tu pelo	Fera un nid dans tes cheveux
Luciérnaga curiosa	Luciole curieuse
Que verá que eres mi consuelo*	Qui verra que tu es ma consolation

Mélie aime bien écouter Pépé chanter. Il y met du
cœur.

Et elle comprend de mieux en mieux l'espagnol,
comme ça.

_____

* *El dia que me quieras*, paroles d'Alfredo Le Pera, musique de
Carlos Gardel, éd. Julio Korn.

43

À genoux

Lucien et Antoine sont arrivés en fin d'après-midi.

Les enfants se sont présentés. Et Youssou, Djamel, Antoine et Clara sont partis en courant à la cuisine. Ils avaient des trucs urgents à faire. C'était leur tour de préparer le dîner. Pile le jour où il y avait des invités ! Mais bon, d'un autre côté, ils y gagnaient. Avec Antoine, ils étaient maintenant quatre aux fourneaux. Ça compensait.

Il restait aux vieux à se présenter.

Au moment de se pencher vers Maggie, pour l'embrasser, Lucien, d'un coup, a senti que le sol se dérobait sous ses pieds. Ça l'a surpris. De se retrouver comme ça, à genoux, devant cette fille qu'il ne connaissait même pas… C'était un peu dingue. Il a grimacé. Et puis très vite, il s'est repris. Il a fait le mec à qui c'était déjà arrivé. Putain de genou… Putain d'accident de moto… c'est vraiment chiant, quoi…

Mais dans le fond, il était terriblement troublé.

Maggie n'a rien dit. Elle l'a juste aidé à se relever. Avec ce petit sourire presque imperceptible. Son sourire de Joconde.

Il s'est laissé faire. Elle était jolie. Mais l'impression de marcher dans du coton ne le quittait pas. Et ça n'était pas très confortable.

Bello, lui, a senti arriver les premiers petits picotements de la jalousie. Ça l'a rendu parano. Et il s'est dit qu'il allait devoir le garder à l'œil, le ramollo du genou…

Les enfants ont servi le dîner. Très tôt. Parce que après il y avait le concert. Ils avaient décidé de zapper l'entrée. Donc, direct : pâtes à la carbonara. Version Youssou et Djamel. Fruits de mer à la place des lardons ! Et en dessert, des figues farcies à la glace à la vanille, et recouvertes de feuilles de basilic. Une idée de Clara et Antoine.

— Hum… excellent ! Vous devriez ouvrir un restau, les enfants.

— On l'appellerait *Le pasta fieuls* !

— *Le trèfle à quatre fieuls* !

— *Le tarte à fieuls* !

— *Les Fieuls délice* !… Ben quoi ?… délice… de lys ?… C'est pas pire que les autres, moi je trouve…

Après ça, ils se sont installés pour boire le café sur la terrasse. Antoine a changé de place plusieurs fois. Pour finir par s'asseoir très près de Maggie. Collé à elle, en fait. Lucien a trouvé ça un peu énervant, mais n'a rien dit. Il l'a juste regardé en pensant que c'était vraiment un drôle d'oiseau, son Antoine… Et puis, il a remarqué ses cheveux ébouriffés, ses yeux écarquillés, son petit air perdu. Et il s'est demandé d'où il tenait ça, le petit… Mais peut-être qu'il avait toujours cet air-là et qu'il ne l'avait jamais remarqué ? C'est vrai qu'il ne le voyait pas beaucoup, surtout ces derniers temps. Avec son boulot…

Et d'un coup, le môme a tourné les yeux vers son père et a dit tranquillement : « Maggie, elle sent comme maman… » Et là, Lucien s'est senti submergé. Il a éclaté en sanglots. Parce que le petit avait mis le doigt dessus. Ce qui l'avait fait tomber à genoux, plus tôt, son trouble, sa faiblesse… Le parfum que portait Maggie. Le parfum d'Élise. Il l'avait oublié. Et Antoine s'en était souvenu. Il n'avait que trois ans, quand…

– Pleure pas… s'il te plaît, papa…

Maggie n'a rien dit. Elle a juste caressé leurs cheveux à tous les deux. Très doucement. Jusqu'à ce qu'ils ne pleurent plus.

Bello s'est senti con d'avoir été jaloux.

Il a essayé de se rattraper…

– Si quelqu'un veut lire la lettre de Guy Môquet, maintenant… Comme ça on aura fait le tour, et y aurait plus à y revenir, quoi…

Ils connaissaient tous son humour. Mais pour les nouveaux, ça pouvait coincer. Lucien a apprécié le break…

– Excuse-moi, Maggie. C'est ton parfum. Ça m'a déclenché un… Désolé… Dis donc, Bello, je boirais bien un coup, là. T'aurais pas un truc un peu fort ?

Bello est allé chercher la bouteille de gnôle de pays. Celle avec un crapaud dedans.

– J'en ai d'ça ! Tu vas pas être déçu, mon Lulu.

Et c'est vrai. À part le risque de petites séquelles au foie et au cerveau, c'était pas le genre de gnôle qui décevait, en général…

Plus tard, Antoine, encore sous le choc de la révélation de son tout premier concert, a demandé à son père s'il pourrait lui acheter une guitare, un jour…

– Ça déchire cette musique, hein, p'pa ?

– Ouais. Ça déchire à mort…

Mais il n'y avait pas que la musique qui avait déchiré Lucien, à ce moment-là de la soirée…

– Il reste encore de la place dans ma bande de fieuls. Ça te dirait d'y entrer ?

Bello l'a surpris, avec son air sérieux. D'un coup, Antoine a eu le trac. Il s'est tourné vers Clara, Youssou, Djamel, Maggie et Lucien. Eux aussi avaient l'air sérieux.

Il a pris une grande inspiration. Et puis il a laissé passer quelques secondes. Comme dans les films. Pour mettre du suspens. Et puis il a hoché la tête en murmurant :

– Oui, je veux vraiment bien…

Bello lui a serré la main comme à un chef d'État. Et, tout en lui ébouriffant un peu plus les cheveux, il a gueulé…

– Notre premier petit blanc ! Ça s'arrose !

Faites péter le Coca, les fieuls !

Lucien et moi, on va se finir à la gnôle de crapaud…

Tu viens, Maggie ?

Ma princesse…

Lucien et Bello, en aparté…

– Si je peux me permettre, tu vois… je crois que tu
devrais, en tant que parrain, l'appeler ta reine…

– Ma reine ?

– Oui, c'est ça. Marraine.

– Ah… pas con, Lulu…

44

E-mail

Fanette chérie,

C'est la première fois que j'envoie un courrier par Internet ! Tu dois être étonnée ! Je croyais que ce serait plus compliqué. Mais finalement c'est comme une machine à écrire. Toujours azertyuiop. Et puis le jeune homme du cybercafé, m'aide beaucoup. (Tu sais, Marcel et moi, on croyait que c'était un café normal, quand on est entrés ici, au départ !) Alors, ma petite chérie. On s'est parlé au téléphone il n'y a pas longtemps, mais j'ai encore beaucoup de choses à te raconter. Tu vas en tomber de ta chaise, je crois ! Est-ce que tu viens toujours après-demain ? Gérard m'a dit qu'il l'espérait. Il s'ennuie de toi. Je l'ai vu ce matin. Il va bien. Il m'a prescrit des analyses, et je suis allée les faire. S'il ne t'en a pas parlé avant, c'est parce que je le lui ai demandé. Je voulais d'abord réfléchir, avant de les faire. Alors, surtout, ne te fâche pas contre lui. C'est complètement de ma faute. Je suis une vraie tête de mule, et je ne fais jamais rien de ce qu'on me dit ! N'empêche, si j'étais médecin, je n'aimerais pas m'avoir comme patiente ! Je m'enverrais sûrement balader !

Pour le reste, je crois que je vais attendre que tu sois là pour te raconter. Ce sera plus amusant. J'ai hâte !

En attendant, je t'embrasse très fort.

À tantôt,

Mélie, ta maman qui t'aime.

P.-S. Le petit jeune homme du cybercafé m'a appris à dessiner ce chat :

```
     (\_/)
     (='.'=)
     (")_(")
```

Tu te rends compte, c'est fait rien qu'avec des guillemets, des tirets, des apostrophes, des points, des parenthèses...

45

Gitan

– Allô, Gérard ? C'est quoi cette histoire d'analyses ? Tu aurais pu m'en parler. C'est ma mère, tout de même. J'ai le droit de savoir…

Fanette a démarré assez sèchement. Gérard s'est défendu mais de toute façon, elle savait déjà. Que Mélie faisait, et ferait toujours ce qu'elle voudrait. Jusqu'au bout. Une vraie tête de mule, hein ? Mais une tête de mule sympa. Oui, c'est vrai… Bon. Tu penses que c'est grave ? J'en sais rien. Attendons… OK. Ils ont décidé qu'ils regarderaient ensemble les résultats quand ils arriveraient du labo. Et puis Fanette a dit qu'elle était très fatiguée et qu'elle avait très envie de prendre une semaine de vacances. Et Gérard a dit que lui aussi. Qu'il y pensait tous les jours. Au temps qu'ils passeraient ensemble. À se sauter dessus. À dormir emmêlés. À rire comme des idiots… Et il se disait aussi… que de partir comme ça, à l'arrache, en plein été, ça leur coûterait forcément les yeux de la tête – t'es d'accord, Fanette ? Le mois d'août, c'est le pire – alors, il avait gambergé un

truc... Qui pouvait être assez marrant... Une roulotte... Mais non, pas une caravane ! T'es dingue !
Non... une vraie roulotte. En bois. Tirée par un cheval. Comme les Tziganes. C'est mon rêve, depuis tout
petit, les roulottes... Oui, ça coïncide avec le moment
où je n'ai plus eu envie d'être le fils de mes parents.
Mais j'étais sûr d'être gitan ! Et j'attendais qu'ils me
l'avouent. J'imaginais la scène. Gérard, ta mère et moi
avons quelque chose d'important à te dire... Mais ça
n'est jamais arrivé... Quoi ? Je ne t'en ai jamais
parlé ?... Si si. T'as dû oublier, c'est tout. Ouais...
Bon. Alors ? La roulotte ? Ça te dirait de passer une
semaine de vacances dans une roulotte, avec moi ?...
Non, on n'a pas de cheval. Mais on peut la mettre
dans un champ, ou près d'un bois, où on veut... on
s'en fout ! Parce que, Fanette... il faut que je te
dise... J'ai revu Odile. On a parlé. Elle accepte de
divorcer, mais elle veut la maison. Normal... c'est elle
qui garde les enfants. Du coup, moi, je reste au cabinet ! Alors, le clic-clac dans la salle d'attente, c'est
plus confortable que la table d'auscultation, c'est
vrai... mais j'te jure, j'en peux plus ! Alors, une roulotte, ce serait peut-être *la* solution... C'est un de mes
patients. Il en fabrique. Il m'a montré des photos.
Carrément génial ! Il a même mis des panneaux
solaires sur le toit... C'est sûr, c'est pas donné. Mais
il me fait un super prix. Et un paiement en dix fois
sans frais ! Je le revois cet après-midi, pour conclure.
Je crois qu'il peut la livrer la semaine prochaine...
Alors ?... Qu'est-ce que t'en dis ?... Ah ! Tu ne peux

pas savoir ce que tu me fais plaisir. Non, j'te jure ! Je suis à deux doigts de pleurer… Vraiment…

Il a effectivement sangloté un moment.

Toute cette pression, d'un coup… fallait bien que ça sorte.

Ouf ! Un gros poids en moins.

Et, juste avant de raccrocher…

– Dis donc, Fanette… je voulais te demander… après mon divorce, est-ce que tu voudrais bien m'épouser ?… Quoi ?… T'es d'accord ? Mais cette femme est complètement folle !

Moi ?… Non, non… je ne suis pas fou du tout.

46

Étoiles filantes

Bello prévient Mélie qu'il ramène Clara et Antoine, et qu'ils seront là en fin d'après-midi, début de soirée. En calculant qu'ils risquent d'arriver beaucoup plus tard, comme d'habitude – parce que avec Bello c'est toujours comme ça, il n'y peut rien –, elle les invite tous à rester dormir. Elle compte. Alors… Bello, Maggie, Youssou, Djamel, Antoine, Clara, Marcel et moi. Ça fait huit. En se serrant un peu, on va y arriver. Marcel part faire quelques courses de plus pour le dîner. Et Mélie prépare les chambres.

La petite Léon est déchaînée. Elle sent qu'il se passe quelque chose de spécial. Elle veut participer ! Alors pendant que Mélie fait les lits, elle s'occupe à les défaire. Au début, Mélie rit. Mais au bout d'un moment, elle se lasse, forcément. Alors, elle crie : « Ça suffit ! » Et Léon détale comme une furie. Mais c'est juste pour jouer à faire semblant d'avoir très très peur ! Et elle renverse tout sur son passage. C'est rigolo, et ça fait plein de bruit !

La liste des dégâts s'alourdit.

Mélie énumère, pour elle-même.

Les rideaux de la chambre de Clara... Ça commence à se voir, les déchirures tout du long, c'est pas joli joli... La chaise bleue... Ah ça, elle aime vraiment beaucoup se faire les griffes sur ses pieds. Il va falloir repasser un petit coup de peinture... Le vase dans le couloir. Celui que Fernand avait gagné au stand de tir, à la fête foraine. Bon débarras. Il était vraiment moche et encombrant. Et puis... le pull gris clair. Tu vois lequel je veux dire, Fanette ?... Oui, le tien... celui en cachemire. Aïe ! Elle va râler quand elle saura, c'est sûr.

La bande à Bello arrive à la nuit. Ils sont affamés. Ils dînent vite.

Clara ne pose aucune question. Ni à Mélie ni à Marcel. Juste, elle les regarde avec tendresse. Ses deux petits chéris ! Ils sont marrants. Ils croient vraiment qu'ils sont hyper discrets ! C'est mignon. Antoine, de son côté, n'est pas complètement sûr. Il cherche une confirmation. Alors il demande à Marcel, l'air de rien...

— T'as signé un bail de combien, pour ton studio à la maison de retraite ? Tu peux le résilier quand tu veux, alors ?... Non, je dis ça, parce que mon père, il travaille dans une agence immobilière... c'est pour ça, je connais un peu, quoi...

La nuit est douce. Le ciel clair. Pas de lune. Idéal pour voir des étoiles filantes. Ils s'installent dans l'herbe. Clara va chercher Léon et vient se pelotonner contre Mélie, dans sa chaise longue.

— Au temps des Grecs et des Romains, les gens croyaient qu'à chaque personne correspondait une étoile. Quand la personne mourait, elle tombait du ciel et devenait une étoile filante. C'est joli, hein ?

— Mais… s'ils mouraient pendant la journée, on ne voyait pas leur étoile tomber, alors ?

— Ah, c'est vrai… Je n'avais pas pensé à ça…

— Antoine, tu l'as vue, celle-là ?… Non ? Eh ben dis donc, je sais pas comment tu fais pour pas les voir, hein ! Y en a plein, ce soir !

Youssou se moque. Il en a vu au moins douze, lui ! Djamel, six. Clara, trois. Antoine, juste une ! Et encore, c'est pas sûr… c'était peut-être un avion, ou un satellite. Il est un peu vexé. Il écarquille bien ses yeux, pourtant…

— Ah la vache ! Elle était énorme, celle-ci !

— Où ça ? Où ça ?

Antoine commence à trouver ça très chiant, finalement, les étoiles filantes…

Marcel se réveille en sursaut. Il a oublié de rappeler à tout le monde que… les vœux, pour que ça marche, il faut les avoir faits *avant* que l'étoile ait disparu ! Parce que sinon, ça vaut pas un pet de lapin !

Maggie et Bello éclatent de rire.

Youssou et Djamel râlent. Ils en ont fait plein qui ne valent rien, alors ? Mais ça va trop vite ! C'est hyper dur à faire, ce truc-là !

Ils chuchotent entre eux.

— T'as fait quoi comme vœu ?

— Hé, j'te dis pas ! Sinon, ça va pas se réaliser…

— Parce que t'y crois, toi ?

— Ben non, évidemment ! Mais… on sait jamais, quand même…

— Ouais. C'est c'que j'me dis aussi…

47
Un peu de poésie

Une fois tout le monde couché, Mélie et Marcel n'ont plus trop sommeil. Ils décident de rester dehors.

Assis sous le tilleul, ils se tiennent la main.

Ils écoutent la nuit…

Des rossignols qui font leurs gammes avant le grand récital, des grenouilles qui s'engueulent pour la meilleure place sur la feuille de nénuphar, des chauves-souris qui jouent à se faire peur en rasant les murs d'un peu trop près…

Et puis, Marcel se met à parler.

– Je me rends compte, depuis que j'utilise le dictaphone, qu'il me manque des mots, dis donc… J'en connais pas mal, mais comme je ne sais pas bien les employer, ils ne me servent pas vraiment. Tu te rappelles, toi, de la liste des mots, à la fin des dictées ? Des nouveaux, des difficiles ? Et leurs définitions ? On devait les apprendre par cœur. Moi, je n'essayais même pas, tellement j'étais sûr qu'ils ne me serviraient jamais… Qu'est-ce qu'on est con quand on est jeune, tout de même ! Ça me fait penser à notre maître d'école. On aurait dû lui donner la Légion d'honneur, à cet homme-là, pour tout le mal qu'il s'est donné avec nous. J'm'en rends compte maintenant. On était indécrottables. Je le revois, M. Le Floch… Il fermait toujours les yeux, quand il nous écoutait réciter des poèmes. Ça me faisait rire, en lousdé. *Vous trouvez ça amusant, Marcel ? Eh bien, vous allez pouvoir nous faire partager votre hilarité. Venez donc nous réciter quelque chose. Et arrêtez de vous balancer comme ça d'un pied sur l'autre ! Vous allez finir par me donner le tournis, à force.*

CHANSON D'AUTOMNE

Les sanglots longs
Des violons
          De l'automne
Blessent mon cœur
D'une langueur
          Monotone.

Tout suffocant
Et blême, quand
          Sonne l'heure,
Je me souviens
Des jours anciens
          Et je pleure,

Et je m'en vais
Au vent mauvais
          Qui m'emporte

Deçà, delà,
Pareil à la
Feuille morte.

Paul Verlaine.

Et tu vois, Mélie… maintenant, je ferme les yeux, aussi. Et je goûte les mots.

J'aurais bien aimé être un poète. J'aurais écrit pour toi, Mélie. De belles rimes, et des tas de beaux mots, pour dire tout l'amour que je te porte.

Mélie, ma mie et mon tourment… Ah ben si ! On peut dire ça comme ça ! Parce que je suis complètement tourneboulé, moi ! Qu'est-ce que tu crois ? J'ai quand même attendu cinquante-sept ans pour te dire que je t'aimais… C'est pas de la roupie de sansonnet !

Et puis cette année, mon ange, tu as eu soixante-douze ans. Et du haut de mes soixante-dix-huit, je peux te dire, sans une once d'hésitation… tu es aussi belle et désirable que quand tu en avais quinze. Et je n'ai rien oublié, je te jure. Tes yeux doux, tes joues roses, tes chevilles si fines, si fines… Je me rappelle de tout !

Ta grâce est restée la même. Intacte.

Et ça me rend toujours aussi chose.

Je t'aime plus que jamais, Mélie.

Voilà. C'est tout.

Mélie a un peu quinze ans, à cet instant.
Elle se blottit contre lui.

– Tu en connais d'autres, des poèmes ?
– Ah oui, plein !
– Alors, récites-en encore, Marcel, s'il te plaît…

48

Big Band en vue

Gérard a été un peu pris au dépourvu, quand son patient, fabricant de roulottes, lui a proposé de livrer le soir même. Il n'avait pas prévu que ça irait si vite. Alors, à l'heure du déjeuner, il a foncé chez Mélie. Elle lui a montré le petit bout de terrain, près du bois, à deux cents mètres de la maison. Le chemin était assez cahoteux, mais ça irait, avec un tracteur. C'est vrai que c'était assez proche de la maison... mais c'était très tranquille. Personne ne passait jamais par là. Et surtout, c'était le coin favori de Fanette. Très tôt le matin, on pouvait voir sortir du bois des chevreuils, des cerfs, et même, avec de la chance, des familles de sangliers. Il y avait aussi beaucoup d'oiseaux, à cet endroit. Ils faisaient un de ces vacarmes, à l'aube ! Ça les réveillerait peut-être un peu tôt, a dit Mélie. Mais Gérard a bien aimé l'idée d'être dérangé par le chant des oiseaux.

– Bon, OK, je dis au mec qu'il peut venir la livrer ce soir, alors ?

Et on ne dit rien à Fanette, hein. Ce sera une surprise.

Bello s'est réveillé à midi. Il était vraiment en retard
pour le cours de guitare. Les enfants l'attendaient
dans le jardin depuis plus de deux heures. Du coup,
Gérard a pu les écouter jouer. Ça l'a impressionné. Il
a demandé à Bello s'il pourrait lui amener ses trois
fils, en fin d'après-midi. Ça leur plairait, un cours de
guitare, c'est sûr. Et Bello a dit : « Amène ! » Il a vite
fait le calcul. Quatre plus trois, égale sept. Ah putain !
Ça lui ferait sept fieuls d'un coup !

Gé-nial ! Le Big Band se rapprochait. Ça lui a
donné la pêche !

– Mélie ! Marcel ! Si on restait encore ce soir, on
pourrait faire un méchoui, ou un barbecue géant, vous
croyez pas ? Maggie et moi, on va s'occuper de tout…
hein, Maggie ? T'es d'accord, ma princesse ?… Je vais
t'aider, t'inquiète pas. Alors, on sera combien ?… Sept
mômes, plus Marcel, Mélie, Gérard, toi et moi, ça fait
douze… Fanette arrive ce soir ? Ah, la vache ! On sera
treize ! On prend le risque d'être treize à table ?… Oh,
tu sais, moi, les superstitions, j'en ai vraiment rien à
foutre. C'est ringardos, tout ça.

Plus tard, Bello est allé voir Marcel, discrètement.
Il lui a suggéré d'inviter Pépé. Il joue de la guitare
aussi, je crois ? Alors, plus on est de fous, plus on rit,
hein Marcel ?

– Maggie ! On sera quatorze, finalement !

49

Nuages

Marcel passe la faux, à l'endroit où la roulotte va être installée. Mélie ramasse l'herbe coupée. Et puis, ils s'asseyent à l'ombre d'un arbre, pour se reposer. Au loin, ils entendent les préparatifs de la fête. Des éclats de rire, des cris, des accords de guitare…

Mélie pose sa tête sur les genoux de Marcel. Elle peut voir, à travers les feuilles de l'arbre sous lequel ils sont installés, des bouts de soleil et de ciel bleu. Et des petits nuages, aussi. Qui lui caressent les yeux.

Et enfin, Mélie dit à Marcel qu'elle n'a rien oublié de leur première rencontre. Qu'elle ne sait pas bien en parler. Parce que c'est resté enfoui si longtemps. Mais que ça fait des jours et des jours qu'elle y pense. Et maintenant, elle est prête.

Alors, elle a quinze ans et des poussières. Avec Liliane, Françoise et Annie, elles ont décidé d'aller au bal, samedi prochain. Pour la première fois ! L'oncle et la tante de Liliane ont proposé de les accompagner. Mais les parents ne veulent pas. Elle essaye par

tous les moyens. Elle jure qu'elle ne rentrera pas tard.
Qu'elle sera sage comme une image. Qu'elle fera
toutes les corvées à la maison, sans râler. Qu'elle
fera… Ils finissent par céder. C'était moins une
qu'elle soit obligée de faire le mur… Les quatre
copines se retrouvent chez Liliane. Elle a de la
chance. Elle vit chez son oncle et sa tante. Ses parents
sont morts pendant la guerre.

Elles se préparent. Mélie met sa robe bleu et blanc,
se pince les joues et les lèvres pour se donner des couleurs. Elles ont toutes un peu le trac. Ça compte, un
premier bal. Elles s'entraînent à danser, se marchent
sur les pieds, rigolent…

C'est Gilles Simon et son orchestre qui animent le
bal. Le roi de l'accordéon ! Tous les bals de la région,
c'est lui, depuis plus de cinquante ans ! Ça date. Mais
elles ne sont pas venues pour la musique. Elles sont là
pour regarder les garçons. Et on dirait bien qu'ils
n'ont pas leurs yeux dans leurs poches, non plus…

Françoise a fait une touche avec le fils Pigeaux.
C'est pas un prix Nobel, mais il est pas mal, physique-
ment. Elle est contente.

Et puis, je tourne la tête… et nos regards se croi-
sent. Ça me fait rougir. J'ai du mal à respirer. Comme
si quelque chose m'appuyait sur la poitrine. Je souris
bêtement, pour donner le change. Mes copines ne
remarquent rien. Tu ne me quittes pas des yeux. Et
j'ai du mal à me détacher de ton regard. Ça dure…
Ton copain s'avance vers moi. Il me demande si je
veux bien danser la prochaine valse avec… *« le garçon timide, là-bas… »*. Je m'entends répondre *« oui »*.

Il me prend par le bras, m'entraîne vers toi. Se penche à ton oreille, sourire en coin. Je me doute qu'il te dit quelque chose comme : « *Tu vois, Marcel, les filles, c'est pas sorcier…* » ou quelque chose dans ce goût-là. C'est Fernand tout craché.

Et puis, on danse ensemble. Toi, Marcel, et moi, Mélie. Ta main un peu raide, posée sur mon dos. Tu ne danses pas très bien. Tu te penches vers moi pour t'excuser. On rit. C'est vrai que tu es maladroit. Et je trouve ça touchant.

Voilà.

Et puis, il y a eu… le reste. Quand on m'a dit que… je m'étais fait des idées… que tu étais déjà fiancé ! Et que je l'ai cru. Bêtement…

Mais tu sais, Marcel, si ça ne s'était pas passé comme ça, on aurait peut-être pas su… en profiter… Et puis surtout… on ne serait pas ici, maintenant… moi, la tête posée sur tes genoux, et toi, la main dans mes cheveux… à regarder les nuages nous caresser les yeux…

Alors, tu vois, Marcel, il faut rien regretter, hein…

Vraiment rien du tout.

50

Marcel souffle sur les braises

Marcel va chercher le sac de charbon de bois dans la grange.

Il va bientôt falloir qu'il en mette.

En attendant, il regarde danser les flammes.

C'est vrai qu'on a eu de la chance, Mélie et moi. Si on s'était mariés, il y a cinquante-sept ans, ça aurait été une connerie. Notre amour serait maintenant tout usé. Tout ratatiné. Peut-être même mort ! On ne se regarderait plus. On ne s'écouterait jamais. On ferait chambre à part, depuis… au moins trente ans ! Pour ne plus avoir à s'entendre ronfler, ou devoir se battre pour un bout de couverture, ou s'angoisser à la moindre apnée qui dure un peu longtemps…

Alors que là, c'est le contraire.

On connaît les embûches.

Au fait, le charbon de bois. Je devrais peut-être en mettre… Non, c'est trop tôt.

Donc, on a un grand matelas, des boules Quiès, et un édredon chacun. Et puis il y a le canapé en bas pour les nuits d'insomnies. Mais, ce qu'on préfère, Mélie et moi, ce sont les réveils-surprise ! On se chuchote à l'oreille… rendez-vous dans la cuisine !… On descend pieds nus, sans faire de bruit… Tisane ? Chocolat ? Ratafia ? On rit tout bas, on s'embrasse… on frissonne… brrrr… il fait frisquet… Viens, je vais te réchauffer, ma mie… Et vite, on retourne se coucher.

On se rattrape en faisant une sieste, pendant la journée.

C'est vrai, on aura tout le temps de dormir quand on sera morts !

On le sait bien, Mélie et moi, qu'on est pas éternels.

Eh merde ! J'ai mis trop de charbon d'un coup… Faut que j'attise…

Et puis maintenant, il y a le passé qui refait surface. Et Fernand avec. Marié à ma Mélie pendant quarante-trois années. Mon meilleur ami, par-dessus le marché. Sans lui, on ne serait pas ensemble, maintenant. Alors, pour ça… je suis bien obligé de ne pas aller cracher sur sa tombe, à ce fils de pute ! Malgré que je sache aujourd'hui que c'était lui, le traître ! L'escroqueur d'amour. Un jour, j'arriverai peut-être à ne plus avoir de haine ! Pour l'instant, c'est trop frais. Mais le jour où je serai prêt, j'irai lui porter des fleurs ! Parce qu'il nous a quand même fait le plus beau des cadeaux, sans le vouloir, ce salopard. Celui de s'aimer maintenant, et jusqu'à notre dernier souffle, à Mélie et à moi.

Et nous…

Nos deux noms seront gravés sur la même pierre.

Et on nous couchera dans le même trou.

Alors... je ne peux pas vraiment faire autrement que de lui dire... merci, Fernand ! Mais t'as de la chance d'être déjà mort, tu sais. Parce que j'te jure que j't'aurais fait regretter tout ce que t'as fait dans cette vie. Et peut-être même un peu de la prochaine !

Meilleur ami... mon œil, ouais !

Pute borgne, Fernand ! Mais comment t'as pu... ?

— C'est bon pour les braises, Marcel ?

— Ah oui, Maggie ! Tu peux mettre les brochettes...

51

Tchiki pom

Pépé donne le tempo.
– Escoutchez-moi bien, c'est mouy facil…
Tchiki pom, tchiki pom… tchiki tchiki pom pom…
Djamel et Youssou suivent, à la guitare.
Tchiki pom, tchiki pom… tchiki tchiki pom pom…
Bello à la contrebasse, les autres frappent dans leurs mains.
– Vous frappez les palmas, solamente quand yé dit « pom » !
Tchiki pom, tchiki pom… tchiki tchiki pom pom…
– Très biene…

Avant la nuit, Matthieu, Blaise et Guillaume, les fils de Gérard, ont pris leur premier cours de guitare. Ça les a emballés ! Mais Bello ne leur a pas proposé tout de suite d'entrer dans sa bande. Parce qu'il a commencé à s'angoisser. Trois filleuls d'un coup, c'était… ben, ça changeait la vie ! C'était une décision qu'il ne pouvait pas prendre à la légère. Et puis, avec sept fieuls, il lui faudrait un minibus, au moins, pour les déplacements. C'était pas rien, non plus !

– Hein, Maggie, t'es d'accord avec moi ? Il faut réfléchir…

Et Maggie lui a tranquillement répondu… qu'il pourrait aussi bien réfléchir à tout ça en l'aidant à éplucher les légumes pour le barbecue.

Pendant ce temps, dans la roulotte, Gérard, Clara et Mélie décoraient. Avec des tissus très très colorés. Et Marcel branchait des guirlandes lumineuses sur une batterie de voiture. Aïe ! C'est beau. Très tzigane… Gérard en a eu les larmes aux yeux. Mais, il l'a reconnu lui-même, il était très à fleur de peau, ces derniers temps.

Et Fanette est arrivée. Accueillie par un concert de guitares. Rien que pour elle. Tous les enfants réunis, ça l'a drôlement émue. Elle aussi, elle a les nerfs à vif, en ce moment. La fatigue, la tension, tout ça… Du coup, Gérard a préféré garder la roulotte pour plus tard. Avant, il y avait la grosse surprise Mélie/Marcel.

Ça lui a pris du temps. À tout bien saisir…

– Vous voulez dire que… vous êtes… ensemble-ensemble ? Et… Marcel va quitter sa maison de retraite ? Vous êtes vraiment sûrs que c'est une bonne idée ?… Alors comme ça, la chaise roulante, c'est fini ? Qu'est-ce qu'il s'est passé ? Tu as été à Lourdes ou quoi ?… Et dites, si je comprends bien, vous dormez dans le même lit, alors ?… C'est incroyable, ça… Ma mère… avec un mec ! J'en reviens pas… Et puis quoi encore ? Vous allez vous marier ? Mais vous êtes

238

complètement dingos, mes pauvres vieux ! Vous avez perdu la boule ! C'est pas possible autrement…

Elle les a serrés très fort dans ses bras. Leur a murmuré plein de mots tendres à l'oreille. A dansé un tango avec Marcel. Une valse avec Mélie. Et un slow avec Gérard. Qui en a profité pour l'emmener promener… du côté de la roulotte…

Ça lui a forcément plu. Parce qu'ils ne sont revenus que deux heures plus tard.

Et Pépé donnait toujours le tempo.
Tchiki pom, tchiki pom… tchiki tchiki pom pom…
– Attentionne, oune pétite tchangement…
Tchiki-ti pom ! Tchiki-ti pom ! Tchiki-ti pom pom pom pom !
– Houlà, d'accord… ça se corse…
Youssou et Djamel ont tiré un peu la langue.
Tchiki-ti pom ! Tchiki-ti pom ! Tchiki-ti pom pom pom pom !
– Formidablé ! Yé savais qué vous arrivez à faire !

Sans déc, Pépé ! C'est trop d'la balle, le flamenco…

52

Visite

Ils se sont tous couchés très tard. Là, il est neuf heures, et ils dorment encore. Mélie fait le moins de bruit possible. Elle essaye de faire démarrer la mobylette, mais n'y arrive pas. Ça l'énerve. Mais il n'y a rien à faire. La mob ne veut pas démarrer. Elle va devoir se résoudre à prendre la voiture. Marcel arrive. Il cherche la cause de la panne. Mais Mélie n'a plus le temps. Elle déteste arriver en retard. Il propose de l'accompagner. Elle hésite. Elle y va toujours seule, à ses visites… Il insiste. Bon, d'accord. Mais il sera obligé de l'attendre, au moins une heure. Peut-être deux… Il dit qu'il a de quoi s'occuper. Qu'il a encore des tas de choses à raconter à son dictaphone.

Ça les fait sourire.

Pendant le trajet, elle murmure…
– Merci, Marcel.
– Mais de quoi donc, ma Mélie ?
– D'être si patient.

– Patient, patient… Faut pas exagérer, quand même. En plus, c'est pas forcément par vertu qu'on l'est… patient.

– Ah bon ?

– Ben oui… Il y a des fois où c'est juste parce qu'on n'ose pas poser de questions…

– Comme maintenant ?

– Oui, c'est ça… comme maintenant.

Arrivés en ville, Marcel ne sait pas où il doit la déposer. Elle le lui dit. Il s'en doutait.

Mais il n'ose toujours pas lui demander ce qu'elle va y faire.

Il gare la voiture sur le parking.

– Je file ! À tout à l'heure !

Mélie se presse vers l'entrée du bâtiment.

Marcel hésite. Fini par la suivre.

De loin, il la voit saluer une jeune femme, et puis elle disparaît dans un couloir.

Il demande timidement…

– La vieille dame qui vient de passer… vous la connaissez ?

– Mélie ? Bien sûr. Depuis le temps !

– Vous… savez où elle va ?

– En cancérologie.

Marcel cherche un endroit où s'asseoir.

Il ne la voit pas arriver. Elle lui prend le bras, l'accompagne jusqu'à une chaise.

– Je suis revenue pour te dire de ne pas t'inquiéter, Marcel. Je viens ici pour faire des visites, à des malades… Pauvre Marcel, je suis désolée, je ne voulais pas te faire peur… Mais quand même, tu exagères ! Te mettre dans des états pareils ! Il faut se préparer mieux que ça, tu sais… On n'est plus des perdreaux, toi et moi…

Elle lui caresse la joue doucement.

– Je ne sais pas parler d'ici… C'est pour ça que je ne t'ai jamais rien dit. Moi non plus, je n'ai pas tous les mots…

Voilà.

Marcel a repris des couleurs.

– Tu sais, l'araignée qu'on a regardée en train de tisser sa toile, l'autre jour ? J'ai amené la vidéo, aujourd'hui. Une heure de toile !

Elle se lève, fait quelques pas, se retourne…

– Dis, Marcel… surtout, continue de raconter tes histoires au dictaphone. J'en connais qui écouteraient bien parler de Résistance…

Elle part vite.

Avant de disparaître dans le couloir, elle se retourne une dernière fois, malicieuse…

– Et ça manque vraiment de grands-pères, ici !

53

Mes anges bleus

Les oiseaux ont réveillé Fanette et Gérard. À six heures du matin. Des chants déchaînés ! Au point de donner envie à Gérard d'ouvrir la fenêtre et de crier : Vos gueules, les oiseaux ! Mais Fanette l'a empêché. Elle pensait que ça ne ferait que les énerver un peu plus. Ils ont fini par s'installer dehors, sur les marches de la roulotte. Pour boire un café. En regardant le soleil se lever.

Les oiseaux se sont calmés.

Et Gérard et Fanette se sont recouchés.

Clara petit-déjeunait toute seule, sous le tilleul, quand Mélie et Marcel sont rentrés. De loin, elle leur a fait signe d'approcher sans faire de bruit. Et ils ont assisté aux premiers essais de vol d'une nichée de mésanges bleues.

— Elles ont encore du duvet sur la tête, tu vois ?
— Ah oui… on dirait les cheveux d'Antoine !

— Il dort encore ?

— Oui. Et les autres aussi.

Ils ont tous fini par arriver, les uns après les autres. Youssou, Djamel, Antoine, Matthieu, Blaise, Guillaume, Maggie, Bello. Les cheveux en pétard et le pli de l'oreiller encore imprimé sur la joue. Et Fanette et Gérard les ont rejoints.

Ils se sont tous approchés sans faire de bruit. Ils sont restés assis, immobiles et silencieux. Jusqu'à ce que le dernier des oisillons ait pris son envol.

Et puis Bello a demandé, comme ça…

— Mélie ? C'est quoi, comme sorte d'oiseau, déjà ?

— Mésanges bleues.

— Vos anges bleus ? Ah ? Je ne savais pas qu'on pouvait en élever chez soi, des trucs pareils…

Ça les a bien fait rire.

La maison a paru presque vide, quand Bello et sa bande sont repartis. Le calme après la tempête, a dit Marcel.

Et chacun a repris ses marques.

Clara s'est couchée tôt. Pour lire.

Plus tard, elle a entendu un grattement à sa porte…

— On dirait bien qu'il y a une petite souris, par ici…

La porte s'est entrouverte. Mélie a passé la tête…

— Tu ne dors pas ?

— Non.

— Tu lis ?

246

— J'ai fini.
— On y va ?
— Oui, d'accord !

Ça fait un moment qu'elles sont là, toutes les deux. Qu'elles ne bougent plus. Le regard fixe. Chacune dans sa chaise longue, l'édredon remonté jusqu'au menton. Elles surveillent. Sans musique, cette fois. Pour ne pas être distraites. C'est la dernière occasion de la saison. C'est sérieux. Elles ont lu quelque part qu'ils arrêtaient de pousser, à l'automne, les bambous...

Une chouette s'envole tout près d'elles.
La lumière doit l'avoir gênée. Elle crie...
... Kiiiiii... wik !
Clara sursaute.
— Waouw ! Elle est passée hyper près, dis donc...
Mélie ne réagit pas.
— Mélie ?... Tu dors ?
Elle entend maintenant un léger ronflement.

Elle remonte un peu l'édredon.
— C'est pas grave. Je vais continuer à surveiller toute seule, alors... Et je te raconterai demain...

Table

Barbara Constantine
dans Le Livre de Poche

Tom, petit Tom, tout petit homme, Tom   n° 32098

Tom a onze ans. Il vit dans un vieux mobil-home avec Joss, sa mère (plutôt jeune : elle l'a eu à treize ans et demi). Comme Joss adore faire la fête et partir en week-end avec ses copains, Tom se retrouve souvent seul. Et il doit se débrouiller. Pour manger, il va chaparder dans les potagers voisins... Mais comme il a peur de se faire prendre et d'être envoyé à la Ddass (sa mère lui a dit que ça pouvait arriver et qu'elle ne pourrait rien faire pour le récupérer), il fait très attention. Un soir, en cherchant un nouveau jardin où faire ses courses, il tombe sur Madeleine (quatre-vingt-treize ans), allongée au milieu de ses choux, en larmes parce qu'elle n'arrive pas à se relever. Elle serait certainement morte, la pauvre vieille, si le petit Tom n'était pas passé par là…

Du même auteur
chez Calmann-Lévy :

ALLUMER LE CHAT, 2007.
TOM, PETIT TOM, TOUT PETIT HOMME, TOM, 2010.

Composition réalisée par FACOMPO (Lisieux)

Achevé d'imprimer en avril 2012 en Espagne par
BLACK PRINT CPI Iberica, S.L.
Sant Andreu de la Barca (08740)
Dépôt légal 1re publication : janvier 2010
Édition 10 : avril 2012
LIBRAIRIE GÉNÉRALE FRANÇAISE – 31, rue de Fleurus – 75278 Paris Cedex 06

31/2905/3